KB078549

FUSION FANTASTIC STORY
천성민 장편 소설

짐승의 규칙 4

천성민 장편 소설

초판 1쇄 찍은 날 § 2014년 1월 23일
초판 1쇄 펴낸 날 § 2014년 1월 29일

지은이 § 천성민
펴낸이 § 서경석

편집부장 § 권태완
편집책임 § 박은정
디자인 § 이거일

펴낸곳 § 도서출판 청어람
등록번호 § 제1081-1-89호
등록일자 § 1999. 5. 31
어람번호 § 제1-1763호

주소 § 경기도 부천시 원미구 심곡2동 163-2 서경B/D 3F (우) 420-822
전화 § 032-656-4452 팩스 § 032-656-4453
http://www.chungeoram.com
E-mail § chungeorambook@daum.net

ISBN 978-89-251-3690-5 04810
ISBN 978-89-251-3583-0 (세트)

FUSION FANTASTIC STORY
천성민 장편 소설

짐승의 규칙

4

의혹(疑惑)

도시출판

청
어
람

CONTENTS

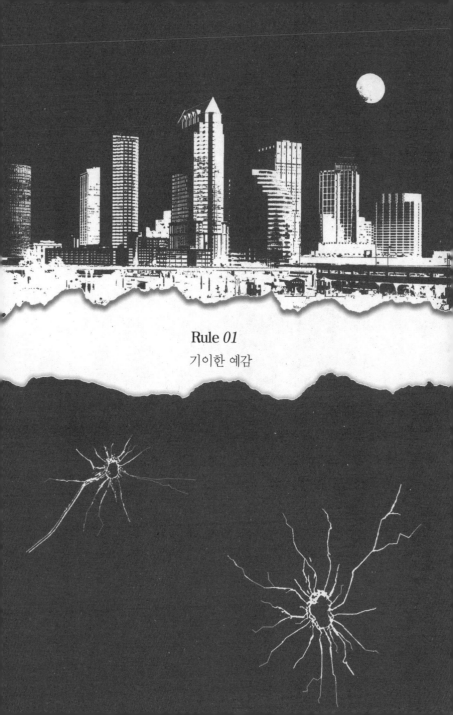

Rule 01

기이한 예감

펙! 퍼억!

둔탁한 타격음이 어두운 골목을 가득 채웠다.

고등학생쯤으로 보이는 패딩점퍼를 입고 있는 소년 서넛
이 먼지투성이의 허름한 교복을 입고 있는 몸집이 작은 소년
을 일방적으로 구타하고 있었다.

"이 ×끼야! 내가 오늘 꼭 해오라고 했지?"

"하여간에 이런 ×신 ×끼들은 꼭 맞아야 말귀를 알아먹는
다니까."

"에이 ×발! 내가 얼마나 호구 같았으면 이 지랄이겠냐고!

카악! 퉤엣!"

일행 중 우두머리로 보이는 빨간색 패딩점퍼의 소년이 바닥에 가래침을 뱉으며 일방적으로 구타당하고 있는 소년의 머리를 발로 지그시 눌렀다.

"으윽!"

허름한 교복 소년이 나직한 신음을 흘리며 버둥거렸다.

하지만 패딩점퍼의 소년들은 눈 하나 깜짝하지 않고 서로를 바라보며 낄낄거렸다.

"너 같은 벌레만도 못한 ×끼는 이렇게 바닥을 기어 봐야 정신 차리지? 그래, 내일은 꼭 가져올 수 있겠냐?"

"으, 으으……."

허름한 교복소년의 입에서는 대답이 아닌 신음이 흘러나올 뿐이었다.

빨간색 패딩점퍼 소년은 인상을 찌푸리며 머리를 밟고 있는 발에 힘을 줬다.

"뭐라고? 잘 안 들리는데?"

빨간색 패딩점퍼 소년이 고개를 갸웃거리자 옆에 있던 갈색 패딩점퍼의 소년이 버럭 소리치며 발길질했다.

"똑바로 대답 안 하지? 앙!"

퍼억—!

갈색 패딩점퍼의 발길질은 저항 하나 하지 못하는 허름한 교복 소년의 복부에 틀어박혔다.

"커헉! 우, 우웨엑!"

짧은 신음을 토해내던 교복 소년은 치밀어 오르는 욕지기를 참지 못하고 구토를 시작했다.

빨간색 패딩점퍼는 왈칵 인상을 찌푸리며 급히 교복 소년의 머리를 짓누르고 있던 발을 들었다.

"아 ×발! 더럽게 이게 뭐야!"

토사물이 튀자 빨간색 패딩점퍼는 욕지거리를 뱉어내며 몇 걸음 뒤로 물러났다.

토사물이 바닥을 흥건히 적시고, 허연 위액이 나와 시큼한 악취가 주위 가득 퍼져 나갈 무렵에야 교복 소년의 구토가 멎었다.

교복 소년은 바닥 가득한 토사물 사이에서 제대로 움직이지도 못하고 잔뜩 웅크린 채 몸을 부르르 떨었다.

교복 소년을 일방적으로 폭행하던 세 소년은 토사물에서 풍기는 지독한 악취에 인상을 찌푸리며 두어 걸음 뒤로 물러났다.

"에이 ×발! 더러운 새×!"

"그러게 배는 까지 말라고 했잖아, 등신아. 지저분하게 이게 뭐냐?"

투덜거리는 두 소년을 바라보며 빨간색 패딩점퍼는 피식

거리며 입을 열었다.

"등신 ×끼들. 좋냐, 좋아? 저 ×끼 더 건드리면 ×될 것 같으니까 그냥 뜨자. 내일 또 안 가져오면 그때 다시 조지면……."

빨간색 패딩점퍼의 말에 순간 멎었다.

왜 그러느냐는 듯 두 소년이 고개를 갸웃거렸다.

빨간색 패딩점퍼의 시선은 자신의 바지 밑단에 고정되어 있었다.

두 소년의 시선이 절로 바지 밑단으로 향했다.

바지 밑단에는 무언가 묻은 얼룩이 생겨 나 있었다. 토사물이 튀어 생긴 것으로 보였다.

빨간색 패딩점퍼의 얼굴이 크게 일그러졌다.

"×발! 이게 얼마짜리 바진데!"

빨간색 패딩점퍼는 버럭 소리치며 여전히 쓰러져 있는 교복 소년에게 다가가 거칠게 발길질을 했다.

둔탁한 타격음과 함께 바닥을 적신 토사물이 사방으로 튀었다.

바지만이 아니라 입고 있던 패딩점퍼에도 토사물이 묻었지만 빨간색 패딩점퍼는 아랑곳하지 않고 교복 소년을 걷어찼다.

퍽! 퍼퍽! 빠악—

조금 전까지는 멍이 들거나 상처가 있어도 옷으로 가릴 수 있는 곳만 가격했지만 이번에는 달랐다.

과하게 흥분한 탓인지 빨간색 패딩점퍼는 가리지 않고 마구잡이로 발길질을 해댔다.

빨간색 패딩점퍼의 발길질이 교복 소년의 얼굴에 닿자 무언가 우득, 부러지는 소리와 함께 대량의 피가 왈칵 터져 나왔다.

"끄윽!"

억눌린 낮은 신음이 그리 넓지 않은 골목을 뒤흔들었다.

콧잔등을 걷어차여 터진 피가 입으로 흘러든 탓에 교복 소년은 왈칵 검붉은 피를 토해냈다.

바닥의 토사물이 피로 붉게 물들었다. 그 사이로 부러진 이가 희끗희끗 보였다.

교복 소년은 바르르 떨며 몸을 충격을 조금이라도 줄이기 위해 웅크렸다.

다른 이들의 눈에는 그저 꿈틀거리는 것으로밖에는 보이지 않았지만.

"죽어, 이 ×끼야!"

빨간색 패딩점퍼는 시뻘겋게 달아오른 얼굴로 허연 입김을 뿜어내며 욕지거리와 함께 교복 소년을 걷어찼다.

워낙에 거친 빨간색 패딩점퍼의 기세에 아무것도 하지 못하고 있던 두 소년은 순식간에 피투성이가 된 교복 소년의 모습에 퍼뜩 정신을 차렸다.

"인마, 민수야! 애 잡겠다. 그만해라!"

"흥분 좀 가라앉혀라, 인마!"

두 소년은 여전히 발길질을 하는 빨간색 패딩점퍼에게 달려들어 양팔을 붙잡고 말렸다.

하지만 빨간색 패딩점퍼는 여전히 흥분을 가라앉히지 못하고 허공에다 발길질을 하며 소리쳤다.

"이거 안 놔. ×발! 니들도 뒤지고 싶냐? 응?"

"적당히 하자, 인마. 안 그래도 담탱이가 벼르고 있다더라. 저 ×끼 저 모양인 거 걸리면 근신 정도로 안 끝난다고."

"그래, 민수야. 정학이라도 당했다간 울 꼰대가 가만히 안 있을 거야. 민수, 너네 꼰대도 장난 아니라고 하지 않았었냐? 이쯤해서 참아라."

두 소년은 빨간색 패딩점퍼의 양팔을 꽉 움켜쥔 채 다급히 말을 쏟아냈다.

그제야 어느 정도 흥분이 가라앉은 듯 빨간색 패딩점퍼는 발길질을 멈췄다.

"알았으니까 이거 놔라, ×끼들아."

빨간 패딩점퍼의 말에 두 소년은 나직이 안도의 한숨을 내쉬며 잡았던 팔을 천천히 놓았다.

빨간 패딩점퍼는 두 소년의 팔을 뿌리치며 씩씩거렸다.

빨간 패딩점퍼는 몸을 둥글게 웅크린 채 쓰러져 있는 교복 소년에게 다가가 허벅지 부근을 호되게 후려 찼다.

"끄윽!"

토사물과 피가 범벅이 된 채 몸을 부르르 떨고 있던 교복 소년은 거품이 끓는 신음을 나직이 뱉어냈다.

반쯤 감긴 눈으로 보아 정신을 잃기 직전인 것 같았다.

빨간 패딩점퍼는 가래침을 뱉으며 나직이 중얼거렸다.

"퉤엣! 3일 준다. 니가 더럽힌 내 바지 값이랑 그동안 밀린 거, 이자까지 싹 쳐서 가져와라. 알겠냐?"

빨간 패딩점퍼는 부르르 몸을 떨고 있는 교복 소년을 발로 툭툭 가볍게 찼다.

빨간 패딩점퍼의 발이 닿을 때마다 교복 소년의 몸은 저절로 움찔거렸다.

"으으……."

입에서는 그저 낮은 신음만이 흘러나올 뿐이었다. 다른 소년이 거칠게 소리쳤다.

"이 새×! 대답 똑바로 안 하지?"

교복 소년은 왈칵 피를 한 모금 토해내더니 파르르 떨리는 음성으로 억지로 대답했다.

"으, 으응……."

"딱 3일 준다고 했다. 절대 잊지 마라."

빨간 패딩점퍼는 낮게 으름장을 놓으며 천천히 돌아서서 걸음을 옮기기 시작했다.

다른 두 소년도 재수 없다는 듯, 쓰러져 있는 교복 소년에게 침을 뱉은 후에 그 뒤를 따랐다.

"3일 후에 보자. 이 ×같은 새끼야. 퉤엣!"

"똑바로 하자. 오늘 같이 더러운 꼴 안 당하려면 말이야. 알겠냐, 등신아!"

앞장서서 어두운 골목길을 빠져나가던 빨간 패딩점퍼가 문득 걸음을 멈췄다.

교복 소년에게 고개를 돌린 빨간 패딩점퍼가 천천히 입을 열었다.

"아참! 안 그래도 담탱이가 벼르고 있는 것 같으니까 웬만하면 그 꼴로 학교 나올 생각은 하지 마라. 알겠냐?"

대답도 듣지 않고 빨간 패딩점퍼는 휙 돌아서서 움직이기 시작했다.

하지만 채 너덧 걸음도 가지 못하고 다시 멈춰서야 했다.

골목 어귀에 누군가 서 있는 것을 발견한 탓이었다.

무릎까지 내려오는 검은색 트렌치코트를 입고 선글라스를 낀 호리호리한 체격에 날카로운 인상을 한 사내였다.

입에는 담배를 물고 두 손을 코트 주머니에 쑤셔 넣은 채 사내는 길게 담배연기를 뿜어냈다.

"뭐야? 씨×!"

빨간 패딩점퍼가 왈칵 인상을 찌푸리며 욕설을 내뱉었다.

그 뒤를 따르던 갈색 패딩점퍼를 입은 소년이 험악한 인상을 쓰며 스윽 앞으로 나섰다.

"무사히 집에 가고 싶으면 참견 말고 그냥 가쇼. 쓸데없이 일 키우지 말고."

갈색 패딩점퍼는 한 손을 점퍼 주머니에 쑤셔 넣은 채, 빨리 가라는 듯 다른 손을 휘휘 내저었다.

하지만 트렌치코트 사내는 그 자리에 가만히 서서 천천히 선글라스를 벗었다.

섬뜩하리만치 날카로운 사내의 눈빛이 드러났다.

패딩점퍼 소년들은 사내의 눈빛에 저도 모르게 어깨를 움찔했다.

하지만 이내 위축된 모습을 지우고 더욱 인상을 찌푸리며 사내를 노려보았다.

사내는 입꼬리를 살짝 말아 올리며 천천히 입을 열었다.

"이거야 원. 생각지도 못한 드문 광경을 보게 되는군그래. 언제까지 그러고 있을 셈이냐?"

트렌치코트 사내는 자신의 앞에서 험악한 얼굴의 패딩점퍼 소년들에게는 아무런 관심도 없었다.

사내의 말은 패딩점퍼 소년들 너머에 있는, 여전히 몸을 웅크린 채 쓰러져 있는 교복 소년을 향한 것이었다.

　"×발 뭐야? 저 병× 새×랑 아는 사이었어? 친한 사인가? 그러면 잘됐네. 그동안 저 ×끼가 못 낸 세금이나 그쪽이 대신 내주셔야겠는데?"

　빨간 패딩점퍼는 주머니에 손을 넣은 채 건들거리며 사내에게 다가가 고개를 삐죽 내밀었다.

　트렌치코트 사내는 자신의 바로 앞에 얼굴을 들이민 빨간 패딩점퍼에게는 조금도 시선을 주지 않고 휙 하니 그 옆을 스쳐 지나쳤다.

　빨간 패딩점퍼의 얼굴이 왈칵 일그러졌다.

　트렌치코트 사내는 쓰러져 있는 낡은 교복 소년에게 천천히 다가갔다.

　빨간 패딩점퍼가 욕설을 내뱉으며 휙 돌아서며 자신을 스쳐 지나치는 트렌치코트 사내의 어깨를 잡으려 손을 뻗었다.

　"×발, 거기 서! 지금 내 말 씹는 거냐?"

　빨간 패딩점퍼의 손이 트렌치코트 사내의 어깨에 닿았다.

　하지만 그것도 잠시, 트렌치코트 사내가 가볍게 어깨를 떨치자 빨간 패딩점퍼는 미끄러운 바나나 껍질이라도 밟은 듯 크게 휘청하며 몸의 균형을 잃고 쓰러졌다.

　"어엇!"

"민수야! 괜찮냐?"

갈색 패딩점퍼와 그 옆에 있는 노란색 패딩점퍼의 소년은 예상치 못한 상황에 놀라, 쓰러진 빨간 패딩점퍼에게 다가가 부축하려 했다.

빨간 패딩점퍼는 괜찮다는 듯 손을 휘휘 내저으며 버럭 소리쳤다.

"×발! 난 괜찮으니까 저 ×끼 잡아!"

"어, 어!"

빨간 패딩점퍼에 다가가던 두 패딩점퍼는 고개를 끄덕이며 돌아섰다.

서로 눈빛을 슬쩍 교환한 두 패딩점퍼는 등을 보인 채 교복 소년에게 다가가고 있는 트렌치코트 사내에게 동시에 달려들었다.

"씨×! 죽엇!"

"거기 안 서!"

두 패딩점퍼는 이를 질끈 물고 주먹을 뻗었다.

트렌치코트 사내에게 두 패딩점퍼의 주먹이 닿으려는 순간, 한줄기 섬광이 번쩍였다.

막 몸을 일으키려던 빨간 패딩점퍼는 갑작스러운 눈부신 빛에 손을 들어 얼굴을 가리며 질끈 눈을 감았다.

"뭐, 뭐야?"

이내 섬광은 사그라졌다.

하지만 순간적으로 너무나 밝은 빛에 노출된 탓에 눈앞이 제대로 보이지 않았다.

실눈을 뜬 채 빨간 패딩점퍼는 앞을 가만히 바라보았다.

서서히 시야가 회복되고, 주먹을 내지른 자세로 멈춰 서 있는 두 패딩점퍼의 뒷모습이 눈에 들어왔다.

어디로 사라진 것인지 트렌치코트 사내의 모습은 보이지 않았다.

"뭐야, ×발! 이 새×들아, 정신 안 차려?"

버럭 소리치며 빨간 패딩점퍼는 자신의 가까이에 있는 갈색 패딩점퍼에게 다가가 어깨를 확 잡아 당겼다.

순간!

"으훽!"

빨간 패딩점퍼는 짧은 신음을 토해냈다.

갈색 패딩점퍼의 머리가 미끄러지듯 바닥에 떨어져 내리며 대량의 피를 분수처럼 쏟아냈다.

목이 사라진 갈색 패딩점퍼의 몸은 그제야 힘없이 스륵 쓰러졌다.

툭! 투툭!

무언가 떨어지는 소리가 들려왔다.

순식간에 피 범벅이 된 빨간 패딩점퍼는 반쯤 넋 나간 얼굴로 소리가 들린 옆으로 고개를 돌렸다.

노란 패딩점퍼가 있는 곳이었다.

"으, 으아아―!"

빨간 패딩점퍼는 자신의 눈에 들어온 장면에 비명을 지르며 그 자리에 풀썩 주저앉았다.

노란 패딩점퍼의 몸이 너덧 조각으로 갈라져 바닥에 후두둑 떨어진 탓이었다.

너무 놀란 탓에 온몸에 힘이 쫙 빠지고 후들후들 떨렸다.

그동안 학교를 휘어잡은 일진의 리더로 무서울 것 없이 지내왔던 빨간 패딩점퍼였다.

오죽하면 선생들조차도 대부분 빨간 패딩점퍼를 두려워할 정도였다.

워낙에 거칠고 안하무인의 성격 때문이기도 했지만, 빨간 패딩점퍼의 부모가 지닌 막강한 권력 탓이기도 했다.

그게 빨간 패딩점퍼였다.

하지만 아무리 그렇다고 해도 사람이 잔인하게 죽어가는 모습을 본 것은 처음이었다. 순간 넋이 나갈 정도로 두려운 것은 당연했다.

온몸이 갈가리 찢긴 노란 패딩점퍼의 피가 몸을 덮쳐왔다.

밀려오는 두려움에 하반신이 따뜻한 액체로 젖어들었다.

빨간 패딩점퍼는 손을 들어 날아드는 피를 막으며 억지로 뒤로 물러나려 했다. 하지만 생각대로 몸이 움직여지지 않았다.

"어딜 그렇게 급하게 가시나?"

발버둥 치듯 간신히 몇 걸음 뒤로 물러날 수 있었지만 갑작스레 귓가에 흘러드는 싸늘한 음성에 덜컥 몸이 굳었다.

빨간 패딩점퍼는 파르르 떨리는 고개를 억지로 돌렸다.

양손을 트렌치코트 주머니에 쑤셔 넣은 채 자신을 내려다보고 있는 사내의 모습이 눈에 들어왔다.

사내의 입가에는 절로 몸이 떨릴 정도로 차가운 미소가 그려져 있었다.

"으으… 으아아악!"

빨간 패딩점퍼는 자지러지듯 비명을 지르며 다시 돌아서서 엉금엉금 기어 트렌치코트 사내에게서 벗어나려 애썼다.

벌레처럼 바닥을 기는 빨간 패딩점퍼의 모습을 가만히 바라보던 트렌치코트 사내는 여전히 몸을 웅크린 채 쓰러져 있는 교복 소년을 힐끗 바라보며 조용히 입을 열었다.

"계속 그렇게 보고만 있을 셈이냐?"

교복 소년은 아무런 대답도 하지 않았다.

빨간 패딩점퍼는 사내가 무슨 말을 하는지 아무것도 들리지 않았다.

그저 빨리 이곳을 빠져나가지 않으면 자신도 다른 친구들과 마찬가지로 몸이 조각조각 나 피 웅덩이 속에 빠져 있을 거라는 두려움만이 가득했다.

버둥거리며 바닥을 흥건히 적신 피 웅덩이를 빠져나가려던 빨간 패딩점퍼는 무언가에 등을 부딪쳤다.

빨간 패딩점퍼는 벌벌 떨며 교복 소년을 밀어내려 했다.

하지만 단단한 벽이라도 된 듯 교복 소년은 꼼짝도 하지 않았다.

"아무래도 연극에 재미라도 붙은 모양이지?"

트렌치코트 사내가 천천히 다가오며 조용히 입을 열었다.

검은 그림자가 점점 가까워지자 발작적으로 몸을 떨며 온 힘을 다해 자신의 진로를 막고 있는 교복 소년을 밀어내려 했다.

하지만 아무리 해도 교복 소년은 밀리지 않았다.

저벅, 저벅!

그사이 트렌치코트 사내는 바로 앞까지 다가왔다.

빨간 패딩점퍼는 발작적으로 욕설을 뱉어내며 소리쳤다.

"씨, 씨×! 오, 오지마! 오지 말라고!"

그때였다.

절로 어깨가 흠칫 떨릴 정도로 섬뜩한, 쇠를 긁는 듯 낮은 음성이 빨간 패딩점퍼의 귓가에 날아들었다.

"시끄럽군. 쓸데없는 참견은 사양하겠다."

바로 등 뒤에서 들려온 목소리, 교복 소년의 것이었다.

빨간 패딩점퍼는 저도 모르게 천천히 고개를 돌렸다.

언제 일어난 것인지 교복 소년이 싸늘한 눈빛으로 자신을 내려다보고 있었다.

"너… 너 이 ×끼… 그윽—!"

무언가에 홀리기라도 한 듯 중얼거리던 빨간 패딩점퍼의 말은 거품이 끓는 낮은 신음과 함께 멎었다.

빨간 패딩점퍼의 일그러진 얼굴이 자신의 가슴께로 향했다.

칼날처럼 날카로운 무언가가 가슴을 뚫고 허공으로 솟아나와 있었다.

뾰족한 끄트머리에 맺힌 핏방울이 바닥으로 뚝뚝 떨어져 내렸다.

"좀 조용히 하지그래?"

쇠를 긁는 낮은 음성이 다시 귓가로 날아들었다.

자신이 알고 있던 찌질한 교복 소년은 어디에도 없었다.

그제야 빨간 패딩점퍼는 견딜 수 없는 엄청난 고통을 느끼고는 비명을 토해냈다.

"아, 아아악!"

하지만 그것도 잠시 토사물과 피로 범벅이 되어 있는 교복 소년이 가볍게 손을 떨치자 빨간 패딩점퍼의 몸은 그대로 갈

가리 찢겨져 시뻘건 고깃덩이 수십 조각이 되어 바닥에 후두둑 떨어졌다.

멀쩡한 것은 기괴하게 일그러진 얼굴뿐이었다.

"시끄럽다고 경고했었지?"

허름한 교복 소년은 나직이 중얼거리며 빨간 패딩점퍼의 머리를 슬쩍 걷어찼다.

퍼억―!

살짝 건드리는 정도로 약한 발길질이었지만 둔탁한 타격음과 함께 빨간 패딩점퍼의 머리는 높은 곳에서 떨어진 수박이 박살 나듯 산산조각 났다.

피와 살점이 튀고, 허연 뼛조각이 사방으로 비산했다.

하지만 트렌치코트 사내와 허름한 교복 소년, 두 사람에게는 투명한 보호막이라도 있는 듯 조금도 파편들이 튀지 않았다.

"크큭! 대단해. 그 전광석화 같은 솜씨는 여전하군그래. 그 악취미도 말이야."

주위가 잠잠해지자 트렌치코트 사내가 입꼬리를 말아 올리며 천천히 입을 열었다.

낡은 교복 소년이 왈칵 인상을 찌푸린 채 사내를 노려보았다.

"대체 무슨 일이지? 그분이 다시 눈을 뜨시기 전까지 서로

참견하는 일은 없어야 하지 않던가?"

싸늘한 교복 소년의 말투에 트렌치코트 사내는 피식 미소를 지으며 천천히 입을 열었다.

"그건 나도 잘 알고 있다고."

낡은 교복 소년의 눈빛이 순간 날카롭게 번뜩였다.

눈빛만으로 사람을 죽일 수 있을 정도로 섬뜩한 눈빛이었다.

교복 소년은 금방이라도 트렌치코트 사내를 산산조각 내버릴 것 같은 얼굴로 천천히 말을 이었다.

"그런데 왜 갑자기 나타나서 방해를 하는 거지? 네놈 때문에 며칠만 더 있었다면 좀 더 영양가 있는 악의를 품은 먹잇감이 될 녀석들을 너무 빨리 정리해 버렸다. 별일 아니었다간 각오 단단히 하는 게 좋을 거야. 대체 무슨 일이지?"

온몸이 쭈뼛할 정도로 짙은 살기였지만 트렌치코트 사내는 눈 하나 깜짝 하지 않고 미소를 띤 채 입을 열었다.

"방해꾼이 있다. 그분께서 우리의 자아를 각성시킨 것은 아마도 방해꾼을 처리하라는 의미일 테지."

"크읏! 무슨 헛소리냐? 그분의 명령은……!"

교복 소년은 어처구니없다는 듯 코웃음 쳤다. 곧장 트렌치코트 사내의 말이 이어졌다.

"아니. 심각한 문제다. 그분께서 미리 뿌려두신 씨앗이 빠른 속도로 줄어들고 있다. 이게 무슨 의미인지는 너도 잘 알 테지."

"그게 정말이냐?"

교복 소년의 질문에 트렌치코트 사내는 대답 대신 가만히 고개를 끄덕였다.

교복 소년의 질문이 뒤이어졌다.

"누구냐?"

트렌치코트 사내는 어깨를 으쓱하며 고개를 내저었다.

"아직 누군지 확실하지 않다. 대충 활동 범위만 알고 있을 뿐이지. 나 혼자서는 찾기 힘들 것 같아 이렇게 찾아온 거다. 최대한 빠른 시일 내에 방해꾼을 처리해야 할 거다."

"너와 나, 둘만 움직이는 건가?"

교복 소년의 질문에 트렌치코트 사내는 역시나 고개를 내저으며 입을 열었다.

"아니. 우리 둘만으로는 무리다. 두엇 정도는 더 찾아갈 생각이다. 얼마 전에 각성한 녀석이 가까운 곳에 있는 것 같으니 그쪽을 먼저 가보는 게 좋겠지."

교복 소년은 여전히 싸늘한 표정을 지우지 않은 채로 천천히 걸음을 내딛으며 말했다.

"가자. 안내해라."

골목을 막 빠져나가려던 교복 소년은 트렌치코트 사내가

움직이지 않자 걸음을 멈추고 고개를 돌렸다.

"안 갈 거냐?"

트렌치코트 사내는 어이가 없다는 듯 교복 소년을 손가락으로 가리키며 물었다.

"그 꼴을 하고 움직일 셈인가?"

교복 소년의 몰골은 이루 말할 수 없을 정도로 초라하고, 참혹했다.

거센 발길질 때문에 얼굴 여기저기가 부어터져 있었고, 안 그래도 낡은 교복은 피와 토사물이 범벅이 되어 퀴퀴한 냄새까지 풍기고 있었다.

다른 사람이 교복 소년을 보았다면 기겁하고 경찰에 신고할지도 모르는 몰골이었다.

그제야 자신의 꼬락서니를 훑어 본 교복 소년은 입꼬리를 살짝 말아 올리며 한 손을 허공에 들어 올려 가볍게 흔들었다.

후우웅—

순간 교복 소년의 손끝에서 시커먼 기운이 흘러나와 온몸을 감쌌다.

낮은 진동음과 함께 검은 기운은 교복 소년의 몸 주위를 회오리바람처럼 휘감았다.

얼마 지나지 않아 교복 소년의 몸을 감싼 검은 기운이 어둠 속으로 사라졌다.

모습을 드러낸 교복 소년은 이전과는 완전히 다른 사람이
었다.

깡마르고 핼쑥한 인상을 지닌 작고 호리호리한 체격의 교
복 소년이 아니라, 딱히 눈에 띄지 않는 평범한 체격의 사내
로 모습이 변해 버렸다.

교복 소년, 아니, 평범한 인상의 사내는 나직이 한숨을 내
쉬며 천천히 입을 열었다.

"후우. 이 정도면 충분하겠지? 그럼 출발하지."

트렌치코트 사내는 씨익 입꼬리를 말아 올리며 가만히 고
개를 끄덕였다.

두 사내는 이내 말없이 걸음을 옮기기 시작했다.

휘이잉—

스산한 바람이 골목 가득한 피비린내를 휩쓸어 갔다.

*   *   *

타앙—

허공을 울리는 총성과 함께 이블 불릿을 담은 총구가 불꽃
을 내뿜었다.

순식간에 숙주에 기생하고 있는 악마의 기운을 모조리 흡

수한 이블 불릿은 그 의무를 다하고 바닥에 툭 떨어졌다.

기운을 빼앗긴 숙주는 의식을 잃고 그 자리에 풀썩 쓰러졌다.

정찬혁은 쓰러진 숙주에게 천천히 다가갔다.

그리곤 손을 바닥에 떨어진 이블 불릿을 향해 손을 뻗었다.

치익—

아직까지 열기가 가시지 않아 뜨거운 이블 불릿을 잡자 피부가 타들어가며 연기를 뿜어냈다.

여전히 정찬혁은 아무런 통증도 느끼지 못하는 무표정한 얼굴이었다.

화상을 입은 피부의 일부가 이블 불릿에 달라붙을 정도가 되어서야 열기가 가셨다.

혼절한 숙주를 가만히 내려다보던 정찬혁은 나직이 한숨을 내쉬며 권총을 품속에 갈무리했다.

"끝났어요?"

등 뒤에서 조심스러운 목소리가 들려왔다.

천천히 고개를 돌리자 언제 온 것인지 신유진이 자신을 바라보고 있었다.

정찬혁은 아무렇지도 않은 듯 가만히 고개를 끄덕이며 아직까지 손 안에 있는 이블 불릿을 내밀었다.

정찬혁의 살점이 약간 붙어 있는 이블 불릿이 신유진의 손바닥에 떨어졌다.

이블 불릿을 받아든 신유진이 빙긋 미소를 지으며 천천히 돌아섰다.

"그럼 돌아가 볼까요?"

앞장선 신유진의 뒤를 따라 정찬혁은 천천히 걸음을 옮기기 시작했다.

신유진은 조금 떨어진 곳에 세워둔 차의 운전석에 올랐다.

조수석 문을 열고 차에 타려던 정찬혁은 순간, 갑작스러운 현기증에 비틀거렸다.

쓰러질 것 같았지만 문고리를 잡고 억지로 버텨냈다.

"큭!"

저도 모르게 낮은 신음이 흘러나왔다.

급히 차에서 내린 신유진이 비틀거리는 정찬혁을 부축하며 말을 걸었다.

"괜찮아요, 찬혁 씨?"

정찬혁은 아무런 대답도 하지 않고 그저 괜찮다는 듯 손을 휘휘 내저었다.

잠시 후 현기증이 가라앉자 정찬혁은 길게 한숨을 내쉬었다.

"후우—"

어느새 이마는 식은땀으로 흠뻑 젖어 있었다. 신유진이 조심스레 말했다.

"정말 괜찮은 거예요?"

정찬혁은 고개를 끄덕이며 차에 올라탔다.

여전히 걱정스러운 표정으로 바라보고 있는 신유진의 귓가에 정찬혁의 낮은 음성이 날아들었다.

"안 갈 건가?"

그제야 신유진은 퍼뜩 정신을 차리고는 고개를 끄덕이며 급히 운전석에 올랐다.

"가, 가요!"

이내 시동이 걸리고 부릉, 하는 엔진 구동음과 함께 차가 미끄러지듯 주차장을 빠져나가기 시작했다.

정찬혁은 조수석 시트에 깊이 몸을 누인 채 스륵 눈을 감았다.

카페로 돌아온 정찬혁은 지하 공간에 있는 침대에 벌렁 드러누웠다.

아무런 피로도, 감각도 느낄 수 없는 죽은 몸이었다. 하지만 이상하게도 피곤했다.

잠을 잘 수 있을 것 같지는 않았지만 누워서 눈이라도 감고 있어야 할 것 같았다.

언제부터였을까.

이런 진한 피로감이 느껴진 것은.

정찬혁은 코트와 함께 셔츠를 벗어 던졌다.

목덜미 아래부터 하복부까지 멍이라도 심하게 든 것처럼 몸이 시커멓게 물들어 있었다.

정찬혁은 거울 속에 비친 자신의 모습을 물끄러미 바라보았다.

그날 이후였다.

신유진이 이블 불릿 두 개를 사용해 다시 죽음의 세계에 끌려가던 정찬혁을 다시 불러들인 그날, 정찬혁의 상반신 전체가 검게 물들었다.

아주 조금씩이지만 지워져 가고 있던 죄악의 흔적이 더욱 커져 버린 것이다.

그 때문인지 간헐적인 통증이 찾아오는 주기도 서너 시간에 한 번 정도로 짧아졌다.

또한 시도 때도 없이 찾아오는 지독한 현기증이 온몸을 덮쳐왔다.

다시 깨어난 후에 벌써 세 개의 이블 불릿을 더 회수했음에도 상반신의 흔적은 전혀 줄어들지 않았다.

이전에는 아주 약간이나마 감각이 돌아왔었지만 지금은 굵은 바늘로 몸을 찔러도 통증은커녕 아무런 느낌도 없었다.

그뿐만이 아니었다.

몸에 상처가 생기면 그 자리에 검은 기운이 흘러들어 빠른 속도로 회복되었다.

상처는 금세 사라지지만 죄악의 흔적이 점점 몸을 잠식해 들어가는 것 같았다.

"계속 이블 불릿을 회수하면 분명 원래대로 돌아올 거예요."

신유진은 그렇게 말했다. 하지만 지금까지의 상황으로 봐서는 상당한 시일이 걸릴 것은 틀림없는 일이었다.

통증의 주기가 짧아진데다 잦은 현기증 탓에 카페를 제대로 운영할 수도 없었다.

서너 시간마다 한 번씩 카페를 닫을 수도 없는 일이었으니 그 때문에 카페는 휴업 상태였다.

그동안 단골손님이 꽤나 많아졌었지만 어쩔 수 없는 일이었다.

그나마 다행인 것은 신유진이 꽤나 시간을 들인 끝에 악마의 기운을 탐지할 수 있는 물건을 만들어 냈다는 것이었다.

탐지 범위가 그리 넓지는 않았지만 무작정 앉아서 기다리는 것보다는 훨씬 쉽게 숙주를 찾아낼 수 있었다.

정찬혁이 다시 눈을 뜬 지 채 한 달도 되지 않았는데 벌써 이블 불릿을 세 개를 회수한 것은 다 탐지기 덕분이었다.

카 내비게이션 같은 형태의 탐지기는 반경 10㎞ 내의 범위를 탐색할 수 있었다.

차를 타고 주위를 돌아다니다가 탐지기가 반응하면 그쪽으로 향하는 식으로 지금까지 숙주를 찾아내왔다.

생각 같아서는 24시간 내내 찾아다니고 싶었지만 그럴 수 없었다.

신유진이 쉴 시간이 필요하기도 했고, 대낮에 숙주를 상대한다면 큰 소란이 생길지도 모르는 일이었으니.

원래 잠을 잘 수 없는 몸이라 밤낮을 바꾼 생활을 한다고 해도 별다른 이상이 생기지 않아야 정상인 정찬혁이었다.

하지만 이상하게도 가시지 않는 짙은 피로감에 정찬혁은 멍하니 선 채로 거울을 바라보고 있었다.

이내 옷을 다시 대충 걸친 정찬혁은 침대로 몸을 던졌다.

많이 낡기는 했지만 부드러운 매트리스가 정찬혁의 몸을 편안히 감쌌다.

정찬혁은 스륵 두 눈을 감았다.

잠을 잘 수 있을 것 같지는 않았지만 조금이라도 피로를 풀어야만 했다.

허공에 붕 떠 있는 것 같은 기이한 감각이 온몸을 덮쳐왔다.

"젠장―"

조용히 중얼거리며 정찬혁은 다시 눈을 떴다. 천장에 매달린 형광등이 눈에 들어왔다.

정찬혁은 불 켜진 형광등을 한참이나 바라보았다.

째깍! 째깍!

벽에 걸린 시계의 바늘 소리가 조용히 귓가에 들려왔다.

정찬혁은 눈 한 번 깜짝하지 않고 거의 두 시간 동안 멍하니 천장의 형광등을 바라보고 있었다.

여전한 피로감이 온몸을 무겁게 짓누르는 것 같았다.

정찬혁은 손을 뻗어 침대 옆에 있는 스위치를 눌렀다.

딸칵—

낮은 소리와 함께 형광등이 꺼지고 짙은 어둠이 주위를 뒤덮었다.

어둠 속에서 정찬혁의 눈빛이 번쩍였다. 정찬혁은 길게 한숨을 내쉬며 다시 두 눈을 감았다.

기이한 감각.

이번에는 심해로 천천히 가라앉는 것만 같았다. 아니, 가라앉는다기보다는 녹아내리는 것 같은 감각이었다.

하지만 이번에는 곧바로 눈을 뜨지 않았다.

눈을 감은 채 정찬혁은 꼼짝도 하지 않고 가만히 누워만 있었다.

얼마나 시간이 지났을까.

정찬혁은 저도 모르게 어깨를 움찔하며 눈을 뜨고 벌떡 상체를 일으켰다.

순간적으로 날카로운 바늘로 머리를 찔린 듯, 찌릿한 느낌이 든 탓이었다.

"뭐, 뭐지……?"

정찬혁은 고개를 갸웃하며 힐끗 시계를 쳐다보았다.

아직 통증이 찾아올 시간은 아니었다. 게다가 통증이 아닌 찌릿한 느낌이었다.

두근, 두근!

갑자기 심장이 뛰는 것 같은 기분이 들었다.

정찬혁은 손을 들어 심장 언저리를 매만졌다. 아무것도 느껴지지 않았다.

이미 멎은 지 오랜 시간이 지난 심장이 다시 뛸 리가 없었다.

그러면 지금 이 느낌은 대체 무어란 말인가.

도무지 알 수 없는 일이었다.

두근!

다시 심장의 떨림이 느껴졌다.

그와 함께 불길한 예감이 머릿속을 스쳤다.

무언가 큰 위기가 조만간 닥칠 것 같은 막연한 느낌이 들었다.

하지만 이내 심장의 떨림은 사라져 버렸다.

짧은 순간 머릿속을 스친 불길한 느낌도 언제 그랬냐는 듯 사라져 버렸다.

정찬혁은 고개를 갸웃하며 중얼거렸다.

"대체 뭐지……?"

가만히 고민하던 정찬혁은 그저 풀리지 않는 피로감 때문에 생긴 착각이라 생각하고 다시 벌렁 드러누웠다.

팔베개를 한 채 힐끗 시계를 쳐다보았다.

거의 동시에 심장을 짓누르는 듯 엄청난 통증이 시작되었다.

"큭!"

짧은 신음을 토해내며 정찬혁은 본능적으로 몸을 잔뜩 웅크렸다.

견딜 수 없는 고통이 그 후로 한동안 계속되었다.

*　　　*　　　*

휘이잉—!

차가운 바닷바람이 불어와 해변에 선 사내의 뒤로 묶은 머리칼을 휘날렸다.

사내는 한 손을 주머니에 넣고, 다른 한 손에는 무언가가 가득 들어 있는 무거운 가죽 가방을 들고 있었다.

먼 바다를 가만히 바라보고 있던 사내는 들고 있던 가방을 툭 바닥에 떨어뜨렸다. 그리곤 빈손으로 품속에서 담배를 꺼내 입에 물었다.

찰칵—

함께 꺼낸 지포 라이터로 불을 붙인 사내는 흰 연기를 뿜어내기 시작하는 담배를 해변의 모래바닥에 꽂았다.

하나, 둘……

사내가 해변에 꽂은 담배는 모두 다섯 개였다.

불어오는 바닷바람이 불이 붙은 담배가 뿜어내는 흰 연기를 저 멀리 실어 날랐다.

마치 분향소처럼 일렬로 늘어선 담배를 가만히 바라보며 사내는 천천히 입을 열었다.

"나만 두고 간 그곳은… 살기 좋은 곳이냐?"

사내를 빼고는 누구 하나 없는 해변이었다.

당연히 아무런 대답도 들려오지 않았다.

사내는 피식 미소를 지으며 그 자리에 풀썩 주저앉았다.

담배 하나를 꺼내 문 사내는 불을 붙이고 한 모금 깊이 빨아 당겼다.

"후우… 오랜만의 담배라 그런지 어지럽군그래."

사내는 담배를 입에 문 채 사내는 조용히 중얼거렸다.

모래바닥에 꽂은 담배가 타들어가 재가 되어 바람에 날릴 때까지 사내는 가만히 그것을 바라보며 담배를 계속 피웠다.

치칙—!

사내가 세 개비 째의 담배를 절반 정도 태웠을 무렵, 모래바닥에 꽂아 놓은 담배가 필터까지 타들어가 불이 꺼졌다.

사내는 물고 있던 담배를 바닥에 비벼 끄고는 자신의 옆에 아무렇게나 놓여 있는 가죽 가방을 가져와 지퍼를 열었다.

가죽 가방 안에는 총기류가 가득 들어 있었다.

사내는 손을 뻗어 가방의 맨 위에 있는 권총을 꺼내 들었다.

발터 PPK.

독일에서 생산된 호신용 권총의 대명사로 알려진 소형 권총이었다.

사내는 익숙한 손놀림으로 권총을 분해해 점검한 뒤 다시 조립했다.

철컥!

낮은 격철음이 터져 나왔다.

사내는 발터 PPK를 바닥에 내려놓고 가죽 가방에 있는 총기류를 하나씩 꺼내 분해, 조립을 하기 시작했다.

가방 안에는 발터 PPK 같은 권총류는 물론, 여러 자루의 기관단총에, 연막탄을 개조해 만든 수제 수류탄 서너 개, 그리고 탄환이 장전되어 있는 수십여 개의 탄창이 가득 들어 있었다.

사내는 가방 안의 총기류를 하나하나 꺼내 분해하고 점검하며 조립했다.

고작 30분 정도밖에 지나지 않았는데 점검을 마친 총기류는 벌써 10여 개에 이르렀다.

마지막으로 남은 권총 하나를 점검하고 탄창을 끼워 장전한 사내는 점검을 마치고 바닥에 늘어놓은 총기류를 가죽 가방에 쓸어 담기 시작했다.

안전장치를 풀고 방아쇠를 당기기만 하면 쏠 수 있도록 모두 탄창까지 장전해 둔 채였다.

정비를 마친 총기류로 가죽 가방을 가득 채운 사내는 천천히 몸을 일으켰다.

다시 담배 하나를 꺼내 불을 붙인 사내는 길게 담배 연기를 허공에 뿜어내며 나직이 중얼거렸다.

"다들 조금만 더 기다려라. 나도 곧 뒤따라가겠다. 너희가 심심하지 않게 많이 데려갈 테니 준비하고 있어라."

피식 미소를 지으며 사내는 가죽 가방을 들고 천천히 돌아섰다.

조금 전까지의 미소는 온데간데없이 비장한 얼굴이었다.

사내는 가죽 가방을 어깨에 둘러메고는 걸음을 옮기기 시작했다.

하지만 사내는 채 열 걸음도 가지 못하고 멈춰 섰다.

언제 나타난 것인지 두 사람이 사내의 앞을 막아서고 있었다.

사내는 살짝 인상을 찌푸렸다.

"뭐지?"

아무런 대답도 들려오지 않았다. 사내는 가만히 자신의 앞을 막아선 두 사람을 살폈다.

하나는 검은색 트렌치코트를 입은 호리호리한 체형의 날카로운 인상을 풍기는 사내였다.

다른 하나는 무어라 눈에 띄는 특징이 전혀 없는 평범하기만 한 인상이었다.

하지만 무언가 달랐다.

겉보기와는 달리 보통 사람이라고 하기에는 기이한 느낌이 드는 자들이었다.

그렇다고 자신처럼 사람을 죽이는 특수한 훈련을 받은 것 같지는 않았다.

아무리 오랫동안 아무것도 하지 않고 두문불출했다지만 사내가 그런 것을 눈치채지 못할 정도로 둔해지지는 않았다.

언제나 죽음과 가까이 하고 있는 자들은 지우려 해도 지워지지 않는 특유의 분위기가 남아 있었다.

하지만 지금 사내의 눈앞에 있는 두 사람은 그런 분위기가 전혀 느껴지지 않았다.

'대체 뭐지? 이런 느낌은……?'

처음이었다.

이런 기이한 느낌을 주는 사람을 눈앞에 둔 것은.

사내는 저도 모르게 한 걸음 뒤로 물러서며 경계태세를 취했다.

두 사람이 이상한 움직임이라도 보이면 당장 가죽 가방에 있는 총을 꺼내 쏴 버릴 생각이었다.

경계심 가득한 사내의 모습에는 아무런 관심도 없는 듯 평범한 인상의 사내가 자신의 옆에 선 트렌치코트 사내를 보고 물었다.

"이 녀석이냐?"

"그런 것 같긴 한데……."

트렌치코트 사내가 고개를 끄덕이며 그리 자신이 없는 투로 말꼬리를 흐렸다.

평범한 인상의 사내는 어이가 없다는 듯 혀를 차며 말했다.

"맞으면 맞는 거고 아니면 아닌 거지, 그런 것 같다니? 뭐가 어떻다는 건지 확실히 말해라."

"아니. 인간의 자아가 이렇게 뚜렷하게 남아 있는 경우를 본 적이 없어서 말이야. 그래도… 제대로 찾아온 건 확실하군."

트렌치코트 사내의 말에 평범한 인상의 사내는 입꼬리를

말아 올리며 가죽 가방을 든 사내에게로 고개를 돌렸다.

평범한 사내가 천천히 입을 열었다.

"그렇다면 하는 수 없군. 제정신을 차리게 만들어주는 수밖에."

서로 같은 생각을 한 것인지, 말을 끝내자마자 평범한 인상의 사내와 트렌치코트 사내가 동시에 좌우로 갈라져 가죽 가방을 든 사내에게 달려들었다.

"무슨 헛 수작이냐!"

미리 가죽 가방을 반쯤 열어 두고 있던 사내는 버럭 소리치며 가방 안에서 기관단총 두 정을 꺼내 안전장치를 풀고, 조금의 망설임도 없이 방아쇠를 당겼다.

투타타타타—!

*   *   *

"허억!"

짧은 신음과 함께 정찬혁은 벌떡 몸을 일으켰다.

온몸이 식은땀으로 흠뻑 젖어 있었다.

언제나처럼 일정한 시간에 찾아오는 격통이 차츰 잦아들고 있었다.

"이제 좀 괜찮은 거예요?"

신유진이 조심스레 말을 걸며 마른 수건을 건넸다.

수건을 받아든 정찬혁은 얼굴을 적신 식은땀을 닦아냈다.

그러는 사이 통증은 완전히 사라졌다.

정찬혁은 아무런 말 없이 굳은 얼굴로 몸을 적신 땀을 닦아
낼 뿐이었다.

'대체 뭐지? 이 느낌은?

통증이 잦아든 탓에 몸을 일으킨 것이 아니었다.

머릿속에 한줄기 번개가 작렬한 듯한 느낌 탓이었다.

정찬혁은 거칠어진 호흡을 고르며 생각에 잠겼다.

지난번처럼 막연하기만 한 불길함은 아니었다. 그렇다고
좋은 느낌은 아니었다.

"왜 그래요, 찬혁 씨?"

정찬혁의 이상한 기색을 느낀 신유진이 조심스레 질문을
던졌다.

정찬혁은 어느새 닦아낸 땀으로 흠뻑 젖은 수건을 등 너머
로 휙 던지며 고개를 내저었다.

"아무것도 아니다."

"아무것도 아닌 게 아닌 것 같은데요?"

"……"

마땅히 대답할 거리를 찾지 못한 정찬혁은 그대로 입을 다
물었다.

신유진에게 말해 봤자 별다른 대답을 얻을 수 있을 것 같지 않았다.

사실 정찬혁, 자신도 어떻게 설명해야 할지 막연하기만 한 느낌이었다.

때문에 괜스레 시간 낭비할 것 없이 그냥 말하지 않기로 결정한 것이다.

가만히 정찬혁의 대답을 기다리던 신유진은 더 이상 말이 없자 나직이 한숨을 내쉬며 천천히 일어섰다.

"그럼 됐어요. 어디 오늘은 어느 쪽으로 가볼까요?"

"글쎄… 위치는 네가 알아서 정해라."

신유진은 생각하는 듯하더니 이내 입을 열었다.

"그동안은 강북을 위주로 다녔으니…… 이번에는 강남 쪽으로 가볼까요? 사람들의 어긋난 욕망이 많이 쌓여 있는 곳일수록 숙주가 있을 확률이 높으니까요."

정찬혁이 가만히 고개를 끄덕이자 신유진은 그대로 돌아서서 걸음을 옮기기 시작했다.

정찬혁은 나직이 한숨을 내쉬며 그 뒤를 따르기 시작했다.

딸칵—

신유진은 시동을 걸고 엑셀을 밟으며 카스테레오의 전원을 켰다.

FM라디오 방송이 곧장 스피커를 타고 흘러나오기 시작했다.

음악 프로그램이 막 끝난 듯 라디오 MC의 작별 인사가 들려왔다.

—그럼 내일 이 시간에 또 뵙겠습니다. 청취자 여러분, 내일 이 시간에도 채……!

신유진은 손을 뻗어 주파수를 변경했다.

이번에는 익숙한 시그널 음악과 함께 뉴스가 흘러나오기 시작했다.

—신속하고 정확한 뉴스, 안상일이 전해 드립니다. 첫 번째 소식입니다. 아주 끔찍한 소식인데요. 충남 천안시의 A고등학교 인근에서 참혹한 시신 세 구가 발견되었습니다. 온몸이 토막 난 채로 발견된 시신은 A고등학교 3학년에 재학 중인 수험생이라고 밝혀졌습니다.

"기분 나쁜 뉴스네……."

거기까지 들은 신유진이 살짝 인상을 찌푸리며 주파수를 변경하기 위해 손을 뻗었다.

순간 정찬혁의 낮은 음성이 귓가에 날아들었다.

"잠깐!"

신유진은 주파수 변경 버튼에 손가락을 살짝 댄 채 정찬혁을 힐끗 바라보았다.

"예? 왜요?"

"그냥 놔둬라."

왜 그러느냐는 듯 신유진이 고개를 갸웃했다.

하지만 정찬혁은 아무런 대답도 하지 않고 가만히 뉴스에 귀를 기울였다.

이상하게도 살인사건을 전하는 뉴스를 들은 순간, 조금 전 통증이 가실 무렵 느껴진 기이한 느낌을 느낀 탓이었다.

─경찰의 발표에 따르면 피해자들은 일본도 같은 날카로운 물건으로 단숨에 몸이 절단 되었다고 합니다. 범행 수법이 너무도 잔혹한 것으로 보아 연쇄살인으로 발전할 가능성이 있다고 보고 경찰은 더 이상의 피해자가 발생하지 않도록 최선을 다해 사건을 해결할 것이라고 합니다. 다음 소식입니다. 오늘 정부에서 발표한…….

그리 길지 않은 사건에 대한 뉴스였다.

정부 정책이 어쩌고 하는 뉴스에는 아무런 관심도 가지 않았다.

뉴스를 들은 후에도 정찬혁의 기이한 느낌은 가시지 않았다. 오히려 더욱 강해져만 갔다.

여전히 구체적으로 설명할 수는 없는 기이한 느낌이었다.

아무래도 조금 전 뉴스로 나온 사건에 대해 좀 더 자세히 알아봐야 할 것 같았다.

하지만 뉴스나 기사만으로는 사건에 대해 알 수 있는 것은 한정적이었다.

시간이 나면 삼류 타블로이드 신문이나 좀 뒤져 봐야겠다는 생각을 하던 정찬혁은 순간, 저도 모르게 움찔하며 신유진을 바라보았다.

잘 아는 기자가 있다고 하던 신유진의 말을 떠올린 탓이었다.

정찬혁이 자신을 빤히 바라보자 신유진은 고개를 갸웃하며 물었다.

"왜 그래요, 찬혁 씨?"

잠시 고민하던 정찬혁은 천천히 입을 열었다.

"…전에 잘 아는 기자가 있다고 했던가?"

"네. 오상식 기자님이라고. 방송국 쪽에서 근무하시는 분이예요. 근데 갑자기 그건 왜요?"

"조금 전에 뉴스에서 나온 사건… 좀 더 자세히 알아볼 수 있을까?"

"그거야 그리 어렵진 않아요. 그런데 갑자기 왜…?"

"좀 더 확실해지면 말해주겠다. 아직은 그냥 막연한 느낌일 뿐이니……."

정찬혁은 나직이 한숨을 내쉬며 말꼬리를 흐렸다.

신유진은 핸들을 부드럽게 꺾으며 정찬혁과 짧은 순간 눈을 마주했다.

거짓말을 하는 것 같지는 않았다. 잠깐 생각하던 신유진은 이내 조용히 말했다.

"알겠어요. 내일 아침에 오 기자님한테 전화해 둘게요. 그러면 됐죠?"

정찬혁은 대답 대신 고개를 끄덕였다.

사건에 대한 자세한 자료를 받아 볼 수 있다면 아직까지 가시지 않는 기이한 느낌에 대한 답을 얻을 수 있을지도 모른다.

그런 생각을 하며 정찬혁은 조수석에 몸을 깊이 뉘였다.

시간이 한참 지나 두 사람이 탄 차는 막 강남역 인근을 지나고 있었다.

퇴근시간을 한참 지난 늦은 시간이었지만 강남은 수많은 사람으로 북적이고 있었다.

도로는 정체가 심해 제대로 속도를 낼 수 없었다.

신유진은 천천히 차를 몰아가며 탐지기를 주시했다.

삐빅—

그때였다.

갑자기 탐지기가 비프음을 토해냈다.

두 사람의 시선의 거의 동시에 내비게이션의 형태를 한 탐지기로 향했다.

차를 중심으로 주위의 대략적인 지도를 표시하고 있는 탐지기의 화면 한쪽 구석에서 붉은빛이 점멸하고 있었다.

신유진은 차를 도로 가에 세웠다.

삑! 삐빅—

10여 분이 지났지만 여전히 비프음은 멈추지 않았다.

액정에 표시된 붉은빛은 아주 천천히 움직이고 있었다.

속도로 보아 도보로 움직이고 있는 것이 분명했다.

정찬혁은 품속에서 이블 불릿이 장전된 권총, 글록19를 꺼내 장전 상태를 확인했다.

철컥—

슬라이드를 당기자 낮은 격철음이 조용히 터져 나왔다.

아무런 이상이 없음을 확인한 정찬혁은 품속에 권총을 갈무리하고는 차에서 내려섰다.

"근처 주차장에 차를 세워 두고 곧 뒤따라갈게요."

신유진은 급히 차에서 내리는 정찬혁에게 말했다.

하지만 이미 정찬혁은 인파 속으로 모습을 감춘 후였다.

신유진은 나직이 한숨을 내쉬며 주차장을 찾아 차를 몰아 갔다.

술에 취해 회사원들의 왁자지껄한 대화가 여기저기서 들려왔다.

시비라도 붙은 것인지 얼굴을 붉히며 언성을 높이는 사람들도 있었다.

하지만 정찬혁은 아무런 소리도 들리지 않았다.

머릿속은 오로지 조금 전에 탐지기가 표시한 붉은빛만이 가득했다.

주위에 사람들이 상당히 붐볐지만 정찬혁은 조금도 부딪치지 않고 인파 사이를 뚫고 빠른 속도로 걸음을 옮겨 갔다.

정찬혁은 주점들이 즐비한 길가를 지나 구석진 곳의 골목 안으로 달려들었다.

숙주가 조금 전에 지나간 듯 어두운 골목 여기저기에 뚜렷한 자취가 남아 있었다.

정찬혁은 걸음을 더욱 서둘렀다.

희미하지만 피비린내가 느껴진 탓이었다.

정찬혁은 품속에서 핸드나이프를 꺼내 들고는 남겨진 자취를 쫓아 어두운 골목으로 달려들었다.

"까악ㅡ!"

얼마 지나지 않아 가까운 곳에서 여성의 비명이 들려왔다.

정찬혁은 핸드나이프의 날을 펼치고 곧장 비명이 들려온 방향으로 달려갔다.

정장 차림의 중년 사내가 바닥에 쓰러진 여성을 향해 번들 거리는 눈빛을 하고 다가가는 모습이 눈에 들어왔다.

핏ㅡ!

정찬혁은 망설임없이 핸드나이프를 중년 사내를 향해 내 던졌다.

곧장 뻗어 나간 핸드나이프는 여성을 향해 다가가던 중년 사내의 손끝을 스치고는 길가의 전봇대에 틀어박혔다.

"크아악!"

그저 살짝 스친 것뿐이었지만 중년 사내는 고통에 찬 비명 을 토해냈다.

손끝에서 검은 기운이 빠져나오는 것이 정찬혁의 눈에 들 어왔다.

비명을 지르던 중년 사내는 섬뜩한 안광을 뿜어내며 정찬 혁에게 고개를 돌렸다.

이내 중년 사내는 믿기지 않을 정도의 빠른 속도로 정찬혁 에게 달려들었다.

"주, 죽인다!"

정찬혁은 피식 미소를 지으며 달려드는 중년 사내를 향해 몸을 던졌다.

중년 사내의 손에 맺힌 검은 기운이 날카로운 칼날처럼 정찬혁을 덮쳐왔다.

정찬혁은 왼발을 축으로 빙글 몸을 돌려 중년 사내의 공격을 피하는 것과 동시에 품속에서 권총을 꺼내 들었다.

터억―

순식간에 총구가 중년 사내의 관자놀이에 닿았다.

정찬혁은 그대로 방아쇠에 걸린 검지에 힘을 주며 나직이 중얼거렸다.

"체크메이트."

*   *   *

"허억! 허억!"

거친 호흡이 절로 터져 나왔다.

사내의 얼굴이 새하얗게 질려 갔다. 믿기지 않는 일이었다.

수십, 아니, 수백 발의 탄환에 명중했음에도 멀쩡히 살아 있는 인간이라니.

"괴, 괴물……!"

사내는 신음하듯 낮게 중얼거리며 두 손에 든 총을 바닥에 떨어뜨렸다.

사내는 부르르 몸을 떨며 저도 모르게 뒷걸음질 쳤다.

주위 가득한 포연 사이로 검은 트렌치코트가 비쳤다.

트렌치코트 사내는 아무 일 없었다는 듯 툭툭 몸을 털며 중얼거렸다.

"젠장. 전혀 아프지는 않지만 별로 좋은 기분은 아니군."

조금 떨어진 곳에서 모습을 드러낸 평범한 인상의 사내가 맞장구를 쳤다.

"기분 참 더럽군. 기껏 새로 옷을 만들었더니 이렇게 금방 엉망이 될 줄이야."

평범한 인상의 사내는 총에 맞아 너덜너덜해진 부욱, 찢어 던졌다.

그리고는 날카로운 눈빛으로 사내를 노려보았다. 사내는 저도 모르게 어깨를 움찔했다.

순간 평범한 인상의 사내가 시야에서 사라졌다.

사내는 움찔하며 본능적으로 주위를 살폈다. 하지만 평범한 인상의 사내는 어디에도 보이지 않았다.

그때였다. 바로 등 뒤에서 낮은 음성이 들려온 것은.

"아무래도 제대로 손 좀 봐 줘야겠군. 제정신을 차리게 하려면."

사내는 화들짝 놀라며 급히 고개를 돌렸다.

순간 평범한 인상의 사내가 손을 뻗어 목덜미를 꽉 움켜쥐었다.

"커헉!"

미처 반응할 틈이 없었던 사내의 입에서 억눌린 신음이 터져 나왔다.

사내의 몸이 천천히 들려 올라갔다. 버둥거려 봤지만 아무런 소용도 없었다.

마음만 먹으면 목뼈를 단숨에 부러뜨릴 수 있을 정도로 목덜미를 움켜쥐고 있는 힘이 강했다.

우득—

목뼈의 관절이 꺾이는 소리가 들려왔다.

버둥거리던 사내는 점점 힘이 빠져나가고 의식이 아득해졌다.

평범한 인상의 사내는 비틀린 미소를 지으며 목덜미를 쥔 손에 더욱 힘을 줬다.

"그만. 그대로 죽일 셈이냐?"

언제 다가온 것인지 트렌치코트 사내가 평범한 인상의 사내를 제지했다.

자신의 손목을 꽉 움켜잡은 트렌치코트 사내를 힐끗 바라본 평범한 인상의 사내는 목을 꺾으려던 것을 멈추고 힘을 줄였다.

목덜미를 잡힌 사내는 이미 의식을 잃어가고 있었다.

그제야 평범한 인상의 사내는 허연 흰자위를 드러낸 채 바르르 미세하게 몸을 떨고 있는 사내의 목덜미를 놓았다.

털썩—

사내의 몸은 힘없이 바닥에 쓰러졌다.

트렌치코트 사내가 잡고 있던 자신의 손목을 놓자, 평범한 인상의 사내는 인상을 찌푸리며 휙 돌아섰다.

"네놈이 알아서 챙겨라. 괜히 따라와서 기분만 잡쳤군."

순식간에 저 멀리 사라져 버린 평범한 인상의 사내를 바라보던 트렌치코트 사내는 길게 한숨을 내쉬며 혼절한 사내를 들쳐 업고는 조용히 그 뒤를 따랐다.

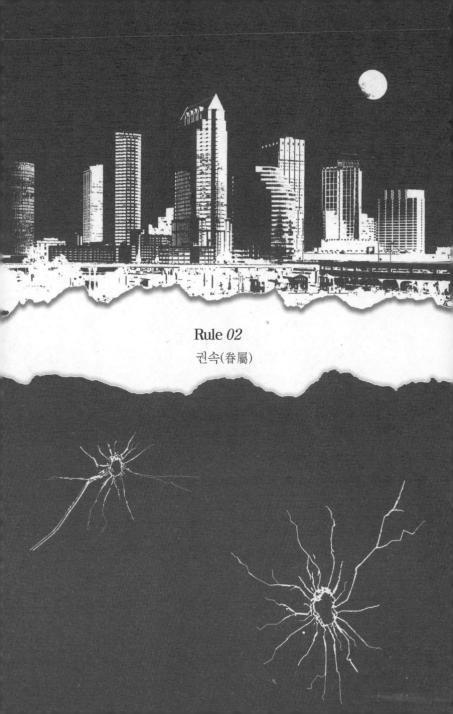

Rule *02*

권속(眷屬)

딸칵!

신유진은 회수해 온 이블 불릿을 여느 때처럼 장식장에 세워 놓았다.

지금까지 회수한 여섯 개의 이블 불릿이 가지런히 놓여 있었다.

가만히 그것을 바라보던 신유진은 나직이 한숨을 내쉬었다.

탐지기 덕분에 이전보다 일이 수월해지기는 했지만 목표로 한 숫자를 채우려면 상당한 시일이 걸릴 것은 틀림없었다.

게다가 이블 불릿 두 개를 사용해 정찬혁을 다시 죽음의 늪에서 건져 낸 후, 무언가 그의 몸에 변화가 생긴 것 같았다.

통증의 주기가 짧아지는 것은 예상하고 있던 바였다.

하지만 풀리지 않는 피로감의 누적과 간헐적인 현기증, 그리고 상처가 생길 때마다 정찬혁의 상반신 전체를 검게 물들인 기운이 조금씩 몸을 잠식하고 있었다.

어쩌면 더 많은 이블 불릿을 회수한다 해도 검은 기운은 사라지지 않을지도 몰랐다.

그렇다는 것은 정찬혁이 새로운 생명을 얻을 기회가 없다는 것과 마찬가지였다.

하지만 차마 그것을 정찬혁에게 말할 수는 없었다.

자신의 목적을 이루기 위해서는 정찬혁의 도움이 절실히 필요했으니.

"미안해요, 찬혁 씨."

신유진은 깊은 한숨을 내쉬며 나직이 중얼거렸다.

자신의 목적을 위한 작은 희생일 뿐이다.

그렇게 스스로를 합리화하며 신유진은 다시 한 번 한숨을 내쉬었다.

그러다 문득 잊고 있던 일을 떠올리고는 바닥에 아무렇게나 팽개쳐 놓은 휴대폰을 집어 들었다.

저장되어 있는 번호를 누르자 투박한 통화 연결음이 들려왔다. 금세 상대는 전화를 받았다.

"여보세요? 네, 오랜만이에요, 오 기자님. 에이, 잘 아시면서 또 모른 체하신다. 네, 필요한 정보가 있어서요. 제가 언제 맨입으로 정보만 달라고 한 적 있나요? 당연히 크게 사야죠. 매번 신세만 졌는걸요. 사실 이번에 뉴스에서 나온 사건이……."

*   *   *

"미안하다, 윤철아. 내가 힘이 없다, 힘이……."

낮게 탄식하며 박상규는 소주 한 잔을 단숨에 비웠다.

굳은 얼굴로 말없이 술잔을 비우던 한윤철은 묵묵히 박상규의 빈 잔을 채웠다.

벌써 꽤나 술을 많이 마신 것인지 두 사람의 얼굴은 붉게 달아올라 있었다.

낮에 있었던 조선족 연쇄살인의 마지막 공판에서의 일로 한윤철은 씁쓸한 기분을 감출 수 없었다.

안주도 먹지 않고 말없이 계속 술잔을 비우고 있는 것도 그 때문이었다.

법정에서 한윤철은 연쇄살인을 저지른 조선족의 목적이 단지 살인이 아닌 다른 것, 인육 판매에 있다고 주장했다.

양하인의 자백과 숱한 정황 증거를 바탕으로 한 주장이었다.

하지만 재판부는 한윤철의 주장을 받아들이지 않았다.

물증이 전혀 없다는 것이 그 이유였다.

게다가 양하인의 자백은 그 신빙성이 의심된다고 하여 증거로 채택되지도 않았다.

양하인 말고 다른 피의자들은 아무도 같은 내용의 자백을 하지 않은 탓이었다.

심신미약으로 인한 허위 자백. 양하인의 자백은 공식적으로 그렇게 처리되었다.

피의자 모두에게 사형을 구형했었지만, 재판부는 무기징역을 선고했다.

죄질이 악독하지만 교화의 여지가 있다고 판단한 탓이었다.

말도 안 되는 소리였다.

법원에 기소하기 전에 수십 번이나 피의자들을 심문했었지만 반성의 기미는커녕 자신들이 무얼 잘못했냐는 소리나 해대던 자들이었다.

그런데 교화의 여지가 있다니.

어처구니없는 소리였다.

당장에라도 항소를 하고 싶었지만 좀 더 확실한 물증이 없는 한, 결과는 마찬가지일 것이다. 아니, 오히려 형량이 더 줄어들지도 모르는 일이었다.

어쩔 수 없이 한윤철은 항소를 포기했다.

그렇다고 수사를 완전히 끝낸 것은 아니었다.

공식적으로는 수사가 종결되었지만 이대로 끝낼 생각은 조금도 없었다.

하지만 힘이 빠지고 씁쓸한 기분이 드는 것은 어쩔 수 없는 일이었다.

힘없이 대검찰청으로 돌아오는 한윤철을 박상규는 술이나 한잔하자며 포장마차로 끌고 왔다.

처음에는 별 말없이 술을 마시던 두 사람이었다.

테이블 한쪽에 빈 소주병이 서너 개를 넘기자 취하기 시작한 박상규는 연신 미안하다며 술잔을 비웠다.

"진짜 형이 미안하다. 위험한 일 맡겨 놓고는 제대로 뒤도 못 봐주고. 에이, 세상 진짜 ×같아서! 확 그냥 사표나 쓰고 로펌 개업이나 할까부다."

순식간에 다시 한 잔을 비운 박상규는 안주로 나온 매운 닭똥집을 숟가락으로 퍼먹으며 투덜거렸다.

가만히 그 모습을 바라보며 술잔을 비우던 한윤철은 박상규의 잔을 채우며 조용히 입을 열었다.

"형님, 아니, 상규 형."

"응? 왜 그러냐?"

평소라면 사석에서도 어릴 때처럼 형이라고 잘 부르지 않던 한윤철이었다.

그런 한윤철이 예전처럼 자신을 부르자, 박상규는 웬일이냐는 듯 고개를 갸웃했다.

한윤철의 말이 조용히 이어졌다.

"이번 사건… 적당히 덮자고 한 윗선이 누굽니까?"

예상치 못한 질문에 술기운이 확 달아나는 것 같았다.

박상규는 혹여나 누가 들을 새라 주위를 휘휘 둘러보더니 한윤철에게 가까이 얼굴을 들이밀고는 조용히 입을 열었다.

"갑자기 그건 왜?"

"아무래도 그쪽을 통해서 거슬러 올라가면 구룡회에 닿을 수 있을 것 같아서 그럽니다."

"응? 그건 또 뭔 소리냐?"

"이번 사건이 구룡회와 깊은 관계가 있다는 건 형님도 잘 아실 겁니다. 지난번에 올린 보고서 보셨죠?"

박상규는 가만히 고개를 끄덕였다. 나직이 한숨을 내쉬며 한윤철은 말을 이었다.

"아무래도 사건을 덮으라고 압박한 윗선에 구룡회의 손이 닿아 있을 것 같습니다. 다문화 정책이 어쩌고는 그냥 단순한 핑곗거리에 불과합니다."

"근거는 있냐?"

박상규의 물음에 한윤철은 아무런 대답도 하지 않았다.

뚜렷한 근거라고 할 만한 것은 없었다.

그저 양하인이 사건에 대해 자백할 때 얼핏 들었던 말로 미루어 짐작한 것뿐이었다.

한윤철은 나직이 한숨을 내쉬며 가만히 고개를 내저었다.

"근거는 없습니다. 하지만 양하인의 취조 기록을 보면 충분히 예상할 수 이……."

"잠깐잠깐. 윤철이 너, 지금 무슨 소릴 하고 있는 건지 알고나 있는 거냐?"

궁색하게나마 설명을 하려던 한윤철의 말을 박상규가 급히 자르며 짐짓 심각한 얼굴로 물었다.

한윤철은 가만히 고개를 끄덕였다. 박상규는 긴장한 듯 침을 꿀꺽 삼키며 말을 이었다.

"그냥 위험한 정도가 아니다. 괜히 윗대가리 들쑤셨다가 오히려 니가 당한다고, 인마. 그냥 당하는 것도 아니고 죽는 게 나을 정도로 사회적으로 생매장 당할 거라고. 온갖 불명예는 다 끌어안고 자살하게 될지도 몰라. 그래도 알고 싶은 거냐?"

검찰의 상층부와 구룡회가 이어져 있다면, 그 사이에는 거액의 뇌물이 오가고 있을 것은 당연지사.

하지만 그것을 밝혀내기란 쉽지 않은 일이었다.

명색이 검찰의 상층부이니만큼, 비밀리에 수사한다고 해도 스스로의 안위를 위해 대비를 철저히 해두었을 터였다.

게다가 한윤철이 상층부를 내사하고 있다는 것을 누군가 알게 된다면 배신자로 낙인찍혀 검찰에서 쫓겨나는 것은 물론, 변호사가 된다고 해도 온갖 불이익은 다 당하게 될 것은 뻔한 일이었다.

아니, 애초에 변호사도 될 수 없도록 법조계에서 매장될지도 모르는 일이었다.

"형님이 뭘 걱정하시는지는 저도 잘 알고 있습니다. 각오하고… 있습니다."

진심으로 자신을 걱정해 주는 박상규의 마음이 느껴졌다. 하지만 한윤철은 이미 마음을 굳힌 채였다.

"진심이냐?"

박상규가 다시 한 번 물었다.

한윤철은 대답 대신 고개를 끄덕였다.

박상규는 한참 동안이나 가만히 한윤철을 바라보았다.

조금도 흔들림이 없는 결의에 가득 찬 한윤철의 모습에 박상규는 길게 한숨을 내쉬었다.

"인마. 다시 생각해 봐라. 너 처음 대검으로 발령 받았을 때 나한테 뭐라고 했었냐? 돌아가신 부모님 앞에 절대 부끄럽지 않은 자식이 될 거라고 했었지? 잘못하면 전 국민이 너한 테 손가락질하게 될지도 모른다고. 그런데도 알고 싶은 거 냐?"

"예. 알고 싶습니다."

생각 같아서는 뜯어 말리고 싶었지만 그럴 수 없다는 것은 이미 박상규도 잘 알고 있었다.

박상규는 거푸 한숨을 내쉬며 한윤철을 바라보았다.

얼마 지나지 않아 박상규는 손을 뻗어 반쯤 남은 소주병을 들고 자신과 한윤철의 잔을 채웠다.

연이어 두 잔을 한 모금에 마셔 버린 박상규는 소주 냄새가 가득한 입김을 길게 뱉어내며 목소리를 낮춰 입을 열었다.

"한 가지만 약속해라. 하루에 한 번씩, 아무런 성과가 없더 라도 나한테 꼭 보고할 것. 그것만 지켜주면 알려주마."

"하지만……."

한윤철은 쉽사리 대답하지 못했다.

지켜야 할 가정이 있는 박상규를 깊이 끌어들이고 싶지 않 았다.

한윤철의 마음을 알고 있다는 듯 박상규는 피식 미소를 지 으며 다시 자신의 잔을 채웠다.

"무슨 걱정을 하는지는 알겠다만, 나도 이미 깊숙이 발을 담군 거나 마찬가지 아니냐. 게다가 돌아가는 상황을 알아야

나중에 최악의 사태만은 피할 수 있지 않겠냐? 그리고 인마, 나도 내 자식들한테 떳떳한 부모이고 싶다."

"형님……."

"됐고, 약속할 거냐, 말거냐?"

한윤철은 한참이나 아무런 대답 없이 침묵으로 일관했다.

박상규는 대답을 기다리며 어느새 소주 한 병을 깨끗이 비워 버렸다.

"아줌마! 여기 소주 한 병이랑, 오돌뼈 1인분만 주십쇼."

"예. 소주, 여기 있습니다."

주문을 받은 포장마차 주인이 소주 한 병을 가져왔다.

소주를 받아든 박상규는 뚜껑을 열고 빈 잔을 넘치도록 가득 채웠다.

잠시 후 주문한 안주가 나오고, 박상규는 지체없이 안주와 함께 소주를 들이켰다.

거의 한 병을 다 마셔갈 때 즈음에야 한윤철은 길게 한숨을 내쉬며 고개를 끄덕였다.

"알겠… 습니다, 형님. 약속하지요."

"그래? 잘 생각했다. 진행 상황은 매일 아침에 회의 끝나고 나서 해라. 알겠지?"

"예. 그럼 이제 말씀해 주세요. 대체 누굽니까?"

한윤철의 물음에 순간 박상규의 표정이 굳었다.

이내 박상규는 말없이 소주를 따랐다. 하지만 거의 다 마신 터라 잔이 절반도 채 차지 않았다.

박상규는 빈 소주병을 흔들어 보이며 말했다.

"여기 소주 한 병 추가!"

"여기 있습니다!"

주문하자마자 기다렸다는 듯 소주 한 병이 테이블 위에 올려졌다.

다시 잔을 채우는 박상규의 모습에 한윤철은 대답을 재촉했다.

"누굽니까?"

박상규는 가득 채워진 소주잔을 들고는 한윤철에게만 들릴 정도의 낮은 음성으로 천천히 입을 열었다.

"검찰총장… 님이다."

대답과 동시에 박상규는 소주를 입안에 털어 넣었다.

한윤철은 경악했다. 설마하니 검찰 조직의 최고위 직인 검찰총장이 직접 압박을 가했을 거라고는 생각지도 못한 탓이었다.

휘둥그레진 눈으로 자신을 바라보고 있는 한윤철의 모습에 박상규는 피식 미소를 지으며 그의 잔을 채웠다.

"왜? 생각지도 못했었냐?"

한윤철은 대답도 하지 못하고 반쯤 넋 나간 얼굴로 가만히 고개를 끄덕였다.

박상규의 말이 조용히 이어졌다.

"조심해라. 총장님 주위에 어떤 사람들이 모여 있는지는 너도 잘 알고 있을 테니. 어설프게 따라 붙었다간 쥐도 새도 모르게 당할 수도 있어."

간신히 놀람을 가라앉힌 한윤철은 굳은 얼굴로 고개를 끄덕였다.

"알겠습니다, 형님."

"그럼 됐다. 내일부터 힘들어질 테니 오늘은 마시고 죽자! 알겠냐?"

분위기를 전환하려는 듯 박상규는 과하게 밝은 음성으로 소주잔을 들었다.

박상규의 의도를 금세 눈치챈 한윤철은 내색하지 않고 히죽 미소를 지으며 소주잔을 들었다.

"마시고 죽자고요? 그러다 형수님한테 쫓겨나십니다."

"괜찮아. 너랑 마셨다고 하면 만사 OK다. 마누라가 딴 놈들은 몰라도 윤철이 넌 꽤나 믿고 있거든."

"그래요? 그럼 각오하세요. 오늘 쉽게 보내드리지 않을 겁니다. 마시고 죽자고 하신 거 후회하실 겁니다."

"짜식! 아무리 나일 먹었어도 내가 주량은 너보다 훨씬 세다, 인마. 어디 한 번 대결해 볼래?"

"좋습니다. 어디 해보십시다, 형님."

두 사람은 왁자지껄 떠들어대며 빠른 속도로 술잔을 비워
갔다.

얼굴은 웃고 있었지만 두 사람의 마음은 수백, 수천 근의
쇳덩이처럼 무겁기만 했다.

*   *   *

"여기요. 엊그제 말했던 사건 자료예요."

아침 일찍부터 찾아온 신유진은 두툼한 서류 봉투를 정찬
혁에게 건넸다.

서류 봉투를 받아 든 정찬혁은 별다른 말없이 자료를 꺼내
들었다.

후두둑—

서류 봉투 바닥이 찢어져 있던 탓에 사건 현장을 찍은 사진
너덧 장이 바닥에 떨어졌다.

정찬혁은 손을 뻗어 떨어진 사진 한 장을 집어 들었다.

정찬혁의 눈꼬리가 꿈틀했다.

사진에는 시신이 발견된 골목이 찍혀 있었다.

노란 폴리스라인이 쳐져 있는 현장은 사방이 피로 붉게 물
들어 있었다.

서너 명 정도는 충분히 일렬로 지나갈 수 있을 정도로 그리 좁지 않은 골목이었다.

　그런데 현장이 피로 흠뻑 젖을 정도였으니, 피해자가 얼마나 잔인하게 살해당했는지 말해주는 것 같았다.

　"어때요?"

　멍하니 현장 사진을 보고 있는 정찬혁에게 신유진이 조심스레 질문을 던졌다.

　그제야 정신을 차린 정찬혁은 가만히 고개를 내저었다.

　"아직… 잘 모르겠군."

　악마의 기운을 품은 숙주가 관련된 사건이라면 현장 사진만으로도 충분히 알아챌 수 있었다.

　이전에도 몇 번 그 덕에 숙주를 찾아낼 수 있었으니.

　하지만 이번에는 달랐다. 여전히 기이한 느낌만이 들 뿐이었다.

　동질감과 이질감.

　상반된 감정이 동시에 느껴졌다.

　정찬혁은 다른 사진들을 주위 들었다.

　처음 본 사진과 비슷한 느낌이었다. 사진을 한 쪽 테이블에 올려놓은 정찬혁은 두툼한 자료를 천천히 살펴보기 시작했다.

　"그럼 전 조금 자고 올게요. 일찍부터 오 기자님 만나느라 잠을 제대로 못 잤거든요. 그럼 너덧 시간 즈음 후에 올게요. 으하암."

신유진은 밀려오는 졸음을 참지 못하고 길게 하품을 했다.

하지만 이미 사건 자료에 정신을 집중하고 있는 정찬혁에게는 아무런 소리도 들리지 않았다.

"그럼 이따 봐요."

신유진은 길게 기지개를 켜며 밖으로 걸음을 옮겨 갔다.

정찬혁은 그 자리에 선 채로 천천히 자료를 넘겨 갔다.

오후 4시 즈음이 되어서야 신유진은 길게 기지개를 켜며 카페로 들어섰다.

정찬혁은 몇 시간 전 신유진이 카페를 나설 때와 그리 다르지 않은 모습으로 자료를 살펴보고 있었다.

"아직도 보고 있는 거예요?"

신유진이 말을 걸자, 정찬혁은 그제야 자료를 내려놓았다.

보아하니 몇 번이고 계속 반복해서 자료를 읽은 것 같았다.

정찬혁은 나직이 한숨을 내쉬며 입을 열었다.

"아무래도 현장에 직접 가보는 게 좋을 것 같은데. 지금 당장 갈 수 있나?"

"그야 별문제 없긴 하지만……."

신유진은 고개를 끄덕이며 말꼬리를 흐렸다.

악마의 기운을 이불 불릿에 봉인하는 것이 신유진의 최우선 사항이었으니 영문도 알 수 없는 일에 시간을 뺏기고 싶지는 않았다.

정찬혁도 신유진이 머뭇거리는 이유를 금방 알아챘다. 하지만 정찬혁은 그대로 벌떡 일어났다.

"그럼 부탁하지."

신유진의 대답도 듣지 않고 정찬혁은 밖으로 성큼성큼 나가 버렸다.

신유진은 어쩔 수 없다는 듯 나직이 한숨을 내쉬며 중얼거렸다.

"후우… 어쩔 수 없네."

*   *   *

털썩—

트렌치코트 사내는 들쳐 메고 온 사내를 아무렇게나 내려놓았다.

혼절한 사내의 몸이 꿈틀거렸다. 평범한 인상의 사내는 팔짱을 낀 채 조용히 입을 열었다.

"그래. 어떻게 할 셈이냐?"

"제대로 깨워야지. 같이 방해꾼을 찾으려면."

평범한 인상의 사내는 미간을 찌푸리며 천천히 돌아섰다.

"그건 네가 알아서 해라. 귀찮은 일은 사양이다."

대답도 듣지 않고 평범한 인상의 사내는 그대로 밖으로 나가버렸다.

트렌치코트 사내는 그럴 줄 알았다는 듯 피식 미소를 지으며 고개를 끄덕였다.

"그럼 어디 시작해 볼까?"

트렌치코트 사내는 바닥에 쓰러져 있는 사내를 향해 손을 뻗어 옷을 모조리 벗겼다.

잔 근육이 들어찬 탄탄한 체형이 드러났다. 특이한 것은 왼팔과 무릎 아래의 오른쪽 다리가 사내의 피부색과는 달리, 심한 멍이라도 든 것처럼 검다는 것이었다.

"왼팔과 오른쪽 다리라……. 이걸 재생하느라 자아를 완전히 장악하지 못한 건가?"

나직이 중얼거리며 트렌치코트 사내는 검게 변한 왼팔을 잡고 스륵 눈을 감았다.

휘이이—

언제부턴가 불길한 느낌을 주는 검은 안개가 트렌치코트 사내 주위에 가득했다.

트렌치코트 사내는 알아들을 수 없는 말을 중얼거리며 식은땀을 흘리고 있었다.

주위의 검은 안개가 점점 짙어졌다. 마치 별빛 하나 없는 어두운 밤처럼 검은 안개가 가득했다.

트렌치코트 사내의 기이한 읊조림에 맞춰 주위 가득한 검은 안개가 출렁였다.

쓰러져 있는 사내의 왼팔과 오른쪽 다리를 검게 물들이고 있는 기운이 그에 반응해 꿈틀거리며 점점 그 범위를 넓혀 갔다.

"일어나라, 형제여!"

한참의 시간이 지나자 트렌치코트 사내는 버럭 소리치며 쓰러져 있는 사내의 머리를 손바닥으로 강하게 내려쳤다.

퍼억—

둔탁한 타격음과 함께 주위 가득한 검은 안개가 순식간에 사내의 몸속으로 빨려 들어갔다.

사내의 온몸이 시커멓게 물들었다. 하지만 이내 원래 피부색으로 서서히 돌아오기 시작했다.

처음부터 검게 변해 있던 왼팔과 오른쪽 다리도 원래의 피부색을 찾아갔다.

"후우— 이제 깨어나기를 기다리면 되겠군."

나직이 한숨을 내쉬며 트렌치코트 사내는 이마를 흠뻑 적신 땀을 훔쳐냈다.

바닥에 쓰러져 있는 사내는 깊이 잠이 든 것처럼 고른 숨을 내쉬고 있었다.

가만히 사내를 바라보던 트렌치코트 사내는 이내 천천히 돌아서서 밖으로 나갔다.

철컹—

문이 닫히는 소리가 낮게 들려왔다.

알몸의 사내는 조명 하나 켜져 있지 않는 어둠 속에서 미동도 하지 않고 가만히 누워 있었다.

얼마나 시간이 지났을까.

갑자기 사내의 손끝이 짧은 순간 움찔거렸다.

＊　　　＊　　　＊

오상식 기자가 알려준 자료에는 사건 현장에 대한 상세한 기록과 주소까지 쓰여 있어서 생각보다 찾아가기 그리 어렵지 않았다.

하지만 현장에 도착하기까지는 세 시간 정도가 걸렸다.

차가 막히기도 했지만 그사이 정찬혁의 주기적인 통증이 찾아와 어쩔 수 없이 한동안 차를 갓길에 세워둬야 했다.

여느 때처럼 조수석에 몸을 깊이 묻고 있던 정찬혁은 현장 근처에 도착하자 언제 그랬냐는 듯 벌떡 일어났다.

신유진이 도로 가에 차를 세우자 정찬혁은 현장 사진 몇 장을 들고 그대로 뛰쳐나갔다.

다행히도 가까운 곳에 주차장이 있는 것을 발견한 신유진은 차를 세워두고 정찬혁의 뒤를 쫓아 현장으로 향했다.

현장에는 아직까지 폴리스라인이 쳐져 있었다.

폴리스라인 너머에서 주위를 둘러보는 정찬혁의 모습이 신유진의 눈에 들어왔다.

신유진은 폴리스라인을 넘지 않고 멈춰 섰다.

'이, 이럴 수가……!'

현장에 남아 있는 희미한 기운을 느낀 신유진은 놀란 눈으로 주위를 둘러보았다.

악마의 기운을 품은 숙주가 일으킨 사건은 아니었다.

하지만 그와 흡사한, 아니, 흡사한 듯하면서도 이질적인 기운이 희미하게나마 남아 있었다.

그렇다는 것은.

'그의 권속이 나타난 건가…….'

곤란한 일이었다.

언제고 이런 일이 생길 것은 알고 있었지만 이렇게 빨리 나타날 줄은 예상하지 못했다.

적어도 신유진이 원하던 이블 불릿의 절반 정도는 얻은 다음에 벌어질 일이라고 생각하고 있었던 것이다.

악마의 기운을 인간 세상에 퍼뜨린 자의 권속.

말하자면 자신에 의해 죽음에서 부활한 정찬혁과 비슷한 자들이라고 볼 수 있었다.

신유진의 목적을 이루기 위해서는 반드시 쓰러뜨려야만 하는 자들이었다.

얼마나 강한 자들인지 알 수는 없었다. 하지만 분명한 것은 정찬혁이 권속들을 상대하려면 조금 더 시간이 필요하다는 것이었다.

'끄응. 어쩐다……'

신유진은 저도 모르게 낮게 신음했다.

현장을 둘러보던 정찬혁은 귓가에 들려온 소리에 고개를 돌렸다.

"왜 그러는 거지?"

"아, 아무것도 아녜요. 근데 어때요, 찬혁 씨?"

순간 움찔한 신유진은 이내 고개를 절레절레 흔들면서 물었다.

정찬혁은 아직도 진한 핏자국이 남아 있는 현장에 선 채로 조용히 입을 열었다.

"모르겠군. 현장에 오면 확실히 알 수 있을 거라 생각했는데 말이야. 하지만 분명히 이블 불릿을 회수하는 일과 관계있을 거라는 생각이 드는군. 넌 어떻게 생각하지?"

정찬혁의 질문에 신유진은 짧은 순간, 멈칫했다. 하지만 이내 태연한 얼굴로 가만히 고개를 끄덕였다.

"보통 사람이 저지른 일이 아니라는 건 확실해요. 그렇다고 숙주가 벌인 일도 아니구요. 막연하다는 게 어떤 뜻인지 이제야 좀 알 것 같네요."

"그래서?"

"저도 명확하게 뭐라 말할 수 없을 것 같아요. 저희 일과 관계있는 것 같으면서도 아닌 것 같기도 하니. 애매하네요."

"흐음. 그런가……."

정찬혁은 말꼬리를 흐리며 다시 현장으로 고개를 돌렸다.

짧은 순간이었지만 움찔하는 것으로 보아 무언가 숨기는 게 있는 기색이었다.

하지만 정찬혁은 굳이 추궁하지 않았다. 어차피 곧 알게 될 거라는 강한 예감이 든 탓이었다.

정찬혁은 한참이나 현장을 차분히 살폈다.

거의 말라붙어 있었지만 검붉은 핏자국이 참혹한 사건이 있었다는 것을 알려주고 있었다.

사진으로 본 피해자의 시신이나 현장 상황으로 보아 보통 사람이 벌인 일은 절대 아니었다.

게다가 남아 있는 흔적으로 봐서는 하나가 아니었다.

희생자 셋 말고도 현장에는 두 사람이 더 있었다. 그 두 사람이 이번 사건을 일으킨 자이리라.

쉽지 않은 상대다.

정찬혁은 본능적으로 그렇게 느꼈다. 하지만 쉽게 당할 생각은 조금도 없었다.

정찬혁의 입꼬리가 저도 모르게 말려 올라갔다.

한참을 그 자리에서 가만히 서 있던 정찬혁은 천천히 돌아섰다.

더 이상은 현장에서 알아낼 수 있는 것은 없었다.

"이만 돌아가도록 하지. 여기 있어 봐야 더 이상은 시간 낭비일 뿐이니."

정찬혁은 폴리스라인을 넘어서며 조용히 말했다.

신유진이 고개를 끄덕이며 따라오라는 듯 걸음을 옮기기 시작했다.

정찬혁은 말없이 조수석에 몸을 뉘였다.

뒤따라 차에 탄 신유진이 시동을 걸고 주차장을 빠져나왔다.

두 사람은 고속도로 인터체인지에 접어들 때까지 한참이나 아무런 말이 없었다.

정찬혁은 본래 말이 많지 않았고, 신유진은 앞으로 언제 나타날지 모르는 권속들을 어떻게 상대해야 할지에 대한 생각으로 머릿속이 복잡했다.

내일이라도 당장 권속들이 눈앞에 나타날지도 모르는 일이었다.

정찬혁의 치명적인 단점이 사라지지 않는 한, 자신이·무언가 방도를 마련해 둬야 했다.

한참을 고민해 봤지만 쓸 만한 대책이 떠오르지 않았다.

여차하면 또 그동안 회수한 이블 불릿 중 일부를 사용해야 하는 사태도 각오해야 할 것 같았다.

"후우."

신유진은 저도 모르게 길게 한숨을 내쉬었다. 가슴이 답답해지는 것 같았다.

신유진은 차창을 살짝 열었다.

싸늘한 바람이 차 안으로 불어 닥쳤다. 약간이나마 답답함이 가시는 것 같았다.

신유진은 힐끗 정찬혁을 바라보았다. 정찬혁은 조수석에 깊이 몸을 누인 채 눈을 감고 있었다.

'사실대로 말해야 할까?'

잠시 고민하던 신유진은 이내 결정을 내렸다.

아무것도 모르고 막상 권속들을 상대하는 것보다는 먼저 알리는 편이 조금이라도 나을 것 같았다.

신유진은 나직이 한숨을 내쉬며 천천히 입을 열었다.

"저기… 찬혁……!"

"라디오라도 좀 틀지? 너무 조용한 것 같군."

눈을 뜨지도 않고 가만히 앉아 있는 정찬혁의 낮은 음성이 신유진의 말을 막았다.

신유진은 움찔하며 고개를 끄덕였다.

"아, 네."

라디오를 틀자 한참 정치가 어쩌고, 경제가 어쩌고 하는 뉴스가 흘러나왔다.

신유진은 다시 한 번 조용히 정찬혁에게 말을 걸었다.

"저기 찬혁 씨? 할 말이 있어요."

정찬혁은 여전히 조수석에 몸을 누인 채 말했다.

"무슨 얘기냐?"

"실은 조금 전 그 현장에서 말이죠……."

신유진은 망설이듯 조심스레 말을 시작했다.

신유진이 막 권속에 대한 얘기를 하려는 찰나, 갑자기 정찬혁이 눈을 뜨고는 벌떡 상체를 일으켰다.

"쉿! 조용히!"

정찬혁의 짐짓 굳은 표정에 신유진은 저도 모르게 입을 다물었다.

스피커를 타고 라디오 뉴스가 조용히 흘러나왔다.

─…신고를 받고 출동한 경찰에 따르면 현장에는 수십 자

루의 밀수 총기류와 총격전의 흔적이 남아 있었다고 합니다. 경찰은 조폭 간의 세력다툼으로 보고 수사를 진행하는 한편, 회수된 총기류를 바탕으로 밀수루트를 찾기 위해 장항항 일대를…….

거기까지 들은 정찬혁은 신유진을 바라보며 낮게 소리쳤다.

"지금 당장 장항항으로 가지."

"옛?"

뉴스에서 나온 장항항은 충남 서천군, 지금 가고 있는 방향과는 반대 방향이었다. 이미 고속도로에 접어든 후라 당장 차를 돌리지 못하는 것은 당연한 일이었다. 게다가 아무런 설명도 없이 가자고 하니 신유진은 그저 황당할 뿐이었다.

"서둘러라."

정찬혁은 그 말을 하고는 다시 조수석에 몸을 뉘였다.

권속에 대한 얘기를 할 타이밍을 놓친 신유진은 저도 모르게 나직이 한숨을 내쉬었다.

무슨 일인지 모르겠지만 일단은 정찬혁의 말대로 하는 것이 좋을 것 같았다.

신유진은 고속도로를 빠져나올 곳을 찾아 조심스레 차를 몰아갔다.

얼마 지나지 않아 국도로 빠지는 길을 찾은 신유진은 핸들을 꺾었다.

"알 만한 처자가 어찌 그리 숭악시런 데를 가려는 겨어?"

마을 아낙의 구수한 사투리에 신유진은 빙긋 미소를 지으며 대답했다.

"취재하러 가는 거예요. 그러니까 사건 현장이 여기 해안도로를 따라 20분 정도만 더 가면 된다는 거죠?"

"그려. 그러면 도착할 겨. 근디 기자면 꼭 그런 디를 가야 하는 겨어?"

"월급 받으려면 어쩔 수 없죠, 뭐. 그럼 수고하세요."

꾸벅 인사를 한 후 신유진은 조금 떨어진 곳에 세워둔 차로 돌아왔다.

"저쪽 방향으로 20분 정도만 가면 된다는군요."

차에 시동을 걸며 신유진은 힐끗 정찬혁을 바라보았다.

정찬혁은 천천히 눈을 뜨고 상반신을 일으켰다.

차가 출발하자 정찬혁은 가만히 창밖을 내다보았다.

정찬혁이 멍하니 하늘을 바라보는 사이, 현장 근처에 도착한 차가 속도를 늦췄다.

차가 멈춰 서자 정찬혁의 눈빛이 날카롭게 빛났다.

"도착한 거냐?"

신유진은 고개를 끄덕이며 조금 떨어진 곳의 해변을 가리켰다.

노란 폴리스라인이 바람에 휘날리는 것이 정찬혁의 눈에 들어왔다.

차에서 내린 정찬혁은 곧장 폴리스라인이 쳐진 곳을 향해 다가갔다.

얼핏 보기에는 별다른 흔적은 남아 있지 않은 평범한 해변에 불과했다.

하지만 정찬혁의 눈은 사방에 희미하게 남아 있는 총탄이 스친 자국을 발견했다.

수십, 아니, 적어도 수백 발은 넘는 탄흔이 여기저기 남아 있었다.

탄환의 종류도 최소한 너덧 가지는 되어 보였다.

이상한 것은 탄도가 거의 대부분이 일정한 방향으로 나 있다는 것이었다.

"이 느낌은……."

가만히 현장을 둘러보던 정찬혁은 저도 모르게 나직이 중얼거렸다.

바로 두어 시간 전, 토막살인 사건 현장과 비슷한 감각이 느껴졌다.

라디오에서 흘러나오는 뉴스를 듣자마자 혹시나 하는 마

음에 신유진을 채근한 것이 정답이었다.

'이곳에도 그의 권속이 있었다는 건가?'

겉으로 드러내지는 않았지만 현장을 살펴본 신유진은 경악했다.

대체 얼마나 많은 숫자의 권속이 깨어난 것인지 짐작조차 할 수 없었다.

확실한 것은 앞으로 악마의 기운을 회수하는 일에 큰 차질이 생길 거라는 것이었다.

절로 한숨이 흘러나왔다. 신유진은 현장을 자세히 살펴보고 있는 정찬혁의 뒷모습을 물끄러미 바라보았다.

거의 한 시간이 넘도록 현장을 꼼꼼히 살펴본 정찬혁은 천천히 신유진에게 다가오며 입을 열었다.

"현장에 있던 자는 모두 셋. 그중 둘은 천안의 사건을 일으킨 자들이다."

"네? 그게 정말인가요?"

"남아 있는 희미한 기운이 아주 흡사하다. 십중팔구는 그 자들이 틀림없을 거다. 다른 하나가 일방적으로 그 둘에게 총을 난사한 거다. 분명 그 둘은 수십 발의 총을 맞았을 거다. 그런데 피를 흘린 흔적이나, 시체를 치운 흔적은 전혀 없군. 그렇다는 건……."

정찬혁은 말꼬리를 흐렸다. 하지만 무슨 말을 하려는 것인지 금세 눈치챌 수 있었다.

신유진은 나직이 한숨을 내쉬며 정찬혁에게 다가가 말했다.

"당신과 비슷한 자들일 테죠. 아까 말하려다 못했는데 지금이 좋은 기회네요. 찬혁 씨, 당신이 말한 그 두 사람은 아마도 악마의 기운을 이 나라에 퍼뜨린 자의 권속일 거예요."

"권속이라… 숙주와는 다른 건가?"

정찬혁의 질문에 신유진은 가만히 고개를 끄덕이며 말을 이었다.

"네. 숙주가 악마의 기운에 감염된 환자라면, 권속은 병원균, 즉 악마의 기운의 근원에 속한 자라고 보시면 이해가 될 거예요."

"근원에 속한 자라… 그래서 느낌이 달랐던 거로군그래. 어쨌든 그자들도 내가 상대해야 한다는 뜻인가?"

신유진은 굳은 얼굴로 가만히 고개를 끄덕였다.

정찬혁은 입꼬리를 살짝 말아 올리며 중얼거렸다.

"재미있겠군. 안 그래도 요즘 숙주를 상대하는 게 너무 쉽지 않나 생각했었는데."

싸늘한 미소를 짓는 정찬혁의 눈빛을 마주한 신유진은 저도 모르게 흠칫 어깨를 떨었다.

정찬혁은 천천히 바닷가로 걸어 나갔다. 소금기 가득한 차가운 바다 바람이 머리칼을 헝클어 놓았다.

문득 정찬혁의 시선이 아래로 향했다.

해변의 모래 바닥에 필터만 남은 담배 다섯 개비가 일렬로 꽂혀 있었다.

검게 타다 만 필터의 끄트머리가 눈길을 끌었다. 정찬혁은 고개를 갸웃하며 나직이 중얼거렸다.

"누가 분향(焚香)… 이라도 한 건가?"

서울로 돌아오는 네 시간여 동안 두 사람은 아무런 말도 하지 않았다.

신유진은 그저 묵묵히 핸들을 잡았고, 정찬혁은 여느 때처럼 조수석에 반쯤 누운 채로 눈을 감고 있었다.

서울에 거의 도착할 때 즈음에야 정찬혁이 조용히 입을 열었다.

"왜 지금까지 권속에 대한 애기는 하지 않은 거냐? 뭔가 다른 속셈이 있었던 건가?"

정찬혁의 질문에 신유진은 황급히 고개를 내저으며 대답했다.

"아, 아녜요. 언제고 때가 되면 말하려고 했어요. 벌써 권속들이 나타날 줄은 저도 예상하지 못했다구요."

"흐음……. 그건 그렇다 치고, 대체 뭘 그리 걱정하는 거냐? 어차피 그 권속이라는 자들도 다 내가 쓰러뜨려야 할 자가 아닌가?"

"그렇긴 하지만……."

"어차피 나에게는 숙주나 권속이라는 자들은 별다를 바 없다. 해야 할 일이 조금 늘어난 것뿐이지."

정찬혁은 대수롭지 않다는 듯 말했다. 하지만 신유진의 표정은 여전히 어둡기만 했다.

"아뇨. 아까도 말했지만 숙주와는 달라요. 권속은 악의 근원에 닿아 있는 자들이에요. 지금의 찬혁 씨가 그들을 만난다면 아마도……."

"아마도?"

신유진은 차마 얘기하지 못하겠다는 듯 말꼬리를 흐렸다.

정찬혁은 대답을 하라는 듯 신유진의 말꼬리를 붙잡았다.

망설이던 신유진은 반쯤 눈물이 맺힌 얼굴로 정찬혁을 바라보았다.

"아마도 죽을…거예요."

충분히 예상할 수 있는 대답이었다.

정찬혁은 조금도 동요하지 않은 무심한 얼굴로 입을 열었다.

"내가 죽고 나면 더 이상 악마의 기운을 회수할 수 없어서 걱정되는 건가?"

"지금 그런 말이 아니잖아요!"

신유진은 저도 모르게 빽 하니 소리쳤다.

여전히 정찬혁은 아무런 감정도 보이지 않는 얼굴로 말을 이었다.

"어차피 두 번이나 죽었던 몸이다. 언제 다시 쓰러져도 이상하지 않은 몸이라는 것쯤은 누구보다 내가 더 잘 알고 있다."

"그러니까……."

"그러니 걱정하지 말라는 거다. 어차피 언젠가는 상대해야 할 자들이라고 하지 않았었나? 늑장 부리지 않고 이렇게 일찌감치 쓰러뜨리는 편이 뒷일을 생각하면 오히려 나을지도 모르는 일이지."

"하지만……."

정찬혁이 이렇게까지 말하는데 더 이상 무어라 할 말이 없었다.

신유진은 말꼬리를 흐리며 나직이 한숨을 내쉬었다.

정찬혁은 더 이상 아무런 말도 하지 않겠다는 듯 몸을 더욱 깊이 조수석에 뉘였다.

거푸 한숨을 내쉬며 신유진은 조용히 카페를 향해 차를 몰아 갔다.

평범한 인상의 사내는 미간을 찌푸린 채 조용히 길을 걷고
있었다.

환락가로 유명한 거리라 울긋불긋한 조명들이 주위를 밝
히고 있었다.

술에 취한 사람들이 주정을 부리며 길을 지나다니고, 야시
시한 차림의 여성들이 길을 가는 사내들의 팔에 매달려 콧소
리로 아양을 떨며 호객행위를 했다.

"오빠아. 싸게 해줄게. 놀다가."

"에이. 또 그냥 가려고? 이번 주에는 꼭 놀다간다고 약속했
었잖아."

팔에 매달려 가슴을 부비며 성욕을 자극하는 여성들의 호
객행위에 음흉한 미소를 지으며 가게로 향하는 사내들이 대
부분이었다.

"그래. 오늘 한 번 질펀하게 놀아보자고."

"다 죽었다고 복창해라! 클클."

음욕과 환락으로 가득 찬 거리였다.

평범한 인상의 사내는 저도 모르게 입꼬리를 말아 올렸다.

욕망에 가득 찬 인간의 감정은 자신들에게는 기운을 북돋
아주는 것이었다.

환락가는 자신들에게 있어서 진수성찬이 차려진 음식점이나 마찬가지였다.

그릇된 욕망에 찬 수많은 사람이 주위를 오갔지만, 누구도 평범한 인상의 사내를 발견한 사람은 없었다.

그다지 특징이 없는 인상 때문이기도 했지만, 너무도 자연스레 환락가에 스며들어 있는 탓이었다.

한참을 주위를 오가며 사람들의 헛된 욕망을 마음껏 들이키던 평범한 인상의 사내는 문득 주위와 전혀 어울리지 않는 한 사내를 발견했다.

때 타고 낡은 점퍼를 입고 있는 초라한 노숙자 차림의 사내였다.

입고 있는 점퍼는 헤지고 찢어져서 솜이 삐죽이 나와 있었고, 바지는 무릎 부근이 다 찢어져 때 국물이 흐르는 맨살이 드러나 있었다.

얼마나 씻지 않은 것인지 얼굴은 온통 시커먼 먼지가 가득했고, 누렇다 못해 검게 변해 가는 이를 드러낸 채로 기름기가 줄줄 흐르는 머리칼을 벅벅 긁고 있었다.

"뭐야? 거지새끼가 여기가 어디라고 기웃거려?"

"×발! 안 그래도 장사 안 돼서 죽겠는데 저리 안 꺼져?"

취객들 몇몇과 환락가 입구 근처에 있는 상가의 점주들이 인상을 찌푸리며 노숙자 사내를 몰아내려 했다.

하지만 몸에서 나는 악취가 너무 심해 섣불리 다가가지 못하고 있었다.

갑작스러운 소란에 사람들은 웅성거리며 주위로 모여들었다.

평범한 인상의 사내도 사람들 사이에 섞여 가만히 노숙자 사내를 주시했다.

들끓는 욕망.

헤어 나올 수 없는 깊은 수렁 같은 자괴감.

그리고 세상을 향한 원망이 가득했다.

어두운 감정이 점점 끓어 오르는 것이 눈에 보일 정도였다.

사람들의 질타가 계속되자 노숙자 사내는 그 자리에 멈춰 선 채 고개를 깊이 숙였다.

순간 무언가가 날아와 노숙자 사내의 가슴 언저리를 후려쳤다.

툭—

노숙자 사내의 가슴에 맞고 바닥에 떨어진 것은 누군가가 던진 검은 봉투였다.

떨어진 충격으로 살짝 찢어진 봉투에서는 누런 액체가 흘러나왔다.

희미하지만 악취가 새어 나오는 것으로 보아 썩은 음식물 같았다.

노숙자 사내의 얼굴이 크게 일그러졌다.

천천히 고개를 든 노숙자 사내의 눈빛은 조금 전의 무기력함과는 달리 날카롭게 빛나고 있었다.

품속에서 식칼을 꺼내든 노숙자 사내는 버럭 소리치며 가까운 곳에 있는 여성을 향해 달려들었다.

"×발! 무시하지 말란 말이다! 빌어먹을 것들아!"

"까악!"

노숙자 사내가 휘두른 식칼에 팔을 길게 베인 여성이 비명을 지르며 그 자리에 풀썩 쓰러졌다.

이미 이성을 잃은 노숙자 사내는 흰자위가 드러날 정도로 눈을 까뒤집은 채 사방으로 식칼을 마구 휘둘렀다.

"으아악! 미친놈!"

"누가 빨리 경찰에 신고 좀 해요!"

"아악! 씨×! 내 다리! 내 다리!"

고통에 찬 비명이 사방을 크게 진동시켰다.

노숙자 사내는 믿기지 않는 속도로 순식간에 너덧 명을 피투성이로 만들어버렸다.

순식간에 길바닥이 붉게 물들었다. 그냥 베인 정도가 아니라 깊이 찔린 사람도 있었다.

명치 아래를 찔린 양복 차림의 사내는 바닥에 쓰러져 몸을 부들부들 떨고 있었다.

찔린 상처에서는 대량의 피가 흘러나왔다.

"다 덤벼, ×발! 다 죽여 줄 테니까!"

노숙자 사내는 고래고래 소리치며 식칼을 마구 휘둘렀다.

주위에 모여 있던 사람들은 칼날을 피해 달아났다. 하지만 워낙에 많은 사람이 모여 있었던 터라 몇몇은 넘어지고 달아나는 사람들에게 밟히기도 했다.

술에 취해 용기가 솟아난 것인지 조심스레 노숙자 사내의 뒤로 다가가는 사람도 두엇 있었다.

하지만 두 사람의 시도는 금세 실패로 돌아갔다.

갑자기 휙 하고 돌아선 노숙자 사내가 다가오는 사람 중 하나에게 달려들어 식칼을 휘두른 탓이었다.

파슉!

"컥!"

낮은 파육음과 함께 신음이 터져 나왔다.

옆구리를 깊이 찔린 갈색 정장 차림의 사내는 그대로 허물어지듯 풀썩 쓰러졌다.

옆구리를 찔린 사내를 발로 걷어찬 노숙자는 그 반동으로 다른 사람에게 달려들었다.

급히 몸을 피하려 해봤지만 노숙자가 조금 더 빨랐다.

피로 흥건한 노숙자의 식칼이 목덜미를 스쳤다.

피가 허공으로 튀어 오르고 목을 베인 사내는 그대로 벌렁 쓰러져 버렸다.

노숙자를 막으려던 두 사람이 대량의 피를 쏟으며 쓰러지자 누구도 나서지 않았다.

그저 노숙자의 칼을 피해 달아날 뿐이었다. 물러나는 사람들의 발길에 채여 쓰러진 여성 하나를 노리고 노숙자가 달려들었다.

"까아악—!"

단말마의 비명과 함께 노숙자의 식칼이 여성의 가슴 깊이 파고들었다.

여성은 채 아무런 저항도 하지 못하고 그대로 숨이 멎었다.

하지만 광기에 가득 찬 노숙자는 한 번으로 만족하지 못하고 몇 번이고 여성의 시신을 식칼로 유린했다.

그릇된 욕망의 거리가 짧은 순간, 살육과 혼란의 거리로 변해 버렸다.

거리를 오가던 수많은 사람은 노숙자를 피해 사방으로 흩어졌다.

하지만 단 하나, 평범한 인상의 사내만은 바지 주머니에 양손을 쑤셔 넣은 채 그 자리에 가만히 서 있었다.

이상한 것은 누구도 평범한 인상의 사내가 그곳에 있다는 것을 알아채지 못했다는 것이었다.

'조금만 더 기다리면 될 것 같군그래. 크흐흐.'

싸늘한 미소를 지으며 평범한 인상의 사내는 온몸이 피투성이가 된 채 정신없이 식칼을 휘두르는 노숙자를 가만히 바라보았다.

벌써 노숙자의 손에 싸늘한 시체가 된 것만도 네 명이었다.

아직 숨이 간당간당하게 붙어 있는 자도 하나 있었지만, 얼마지 않아 곧 죽음에 이를 터였다.

광기에 가득 찬 노숙자의 칼질은 쉽사리 끝날 것 같지 않았다.

경찰이 오지 않는다면 적어도 서넛은 더 희생되고 나서야 노숙자의 들끓는 악의가 가라앉을 것 같았다.

희생된 사람들의 피를 온몸에 뒤집어 쓴 노숙자는 거친 숨을 몰아쉬며 또 다른 희생양을 찾아 주위를 둘러보기 시작했다.

어느새 주위에는 자상을 입고 쓰러진 몇몇을 빼고는 아무도 보이지 않았다.

자신의 바로 앞에 평범한 인상의 사내가 가만히 서 있음에도 노숙자에게는 보이지 않는 것 같았다.

"으, 으으……!"

상처를 입은 사람의 낮은 신음이 귓가에 들려오자 노숙자는 휙, 하고 고개를 돌렸다.

신음을 흘리는 사람에게 다가간 노숙자는 조금의 망설임

도 없이 식칼을 내뻗었다.

파슉—

파육음과 함께 신음이 멎었다.

목과 어깨 사이를 파고드는 식칼에 신음조차도 지르지 못하고 단숨에 절명해 버렸다.

"크, 크흐흐! 다 죽어라! 빌어먹을 것들! 날 무시하는 새×들은 다 뒈져야 해! 크하하하!"

광기에 가득 찬 웃음을 터뜨리며 노숙자는 시체의 살이 너덜너덜 해질 때까지 식칼을 내리쩍었다.

피가 흐르고 조각난 살점이 튀었지만 노숙자는 아랑곳하지 않았다.

한참을 그렇게 식칼을 휘두르던 노숙자의 귓가에 멀리서 다가오는 사이렌 소리가 들려왔다.

애애앵—

달아나던 사람들 중 누군가가 경찰에 신고한 모양이었다.

노숙자는 어깨를 움찔하며 멈칫했다.

노숙자는 제 형상을 알아볼 수 없을 정도로 난자된 시체에 자신이 올라타고 있다는 것을 그제야 깨달았다.

정신이 번쩍 들었다.

대체 무슨 짓을 저지른 거란 말인가.

당황한 얼굴로 노숙자는 주위를 둘러보았다.

바닥을 흥건히 적신 피에 쓰러져 있는 사람들의 모습이 눈에 들어왔다.

노숙자는 반쯤 얼빠진 얼굴로 중얼거렸다.

"이게 대체……?"

어떻게 된 일인지 알 수 없었다.

썩은 음식물 찌꺼기가 들어 있는 검은 봉투에 가슴을 맞은 후부터 제대로 기억이 나지 않았다.

울분이 머리끝까지 치밀어 올라 버럭 소리를 친 것까지 밖에는 기억에 남아 있지 않았다.

문득 자신이 무언가를 들고 있음을 깨달은 노숙자가 손을 들어 올렸다.

"으, 으아앗! 이, 이게……!"

자신의 손에 들려 있는 피와 살점이 달라붙어 있는 식칼을 본 노숙자는 화들짝 놀라며 칼을 떨어뜨렸다.

땡깡—

식칼이 바닥에 떨어졌다.

그제야 희미하게나마 기억이 되돌아오기 시작했다. 주위의 참상은 바로 자신이 벌인 일이었다.

노숙자의 몸이 덜덜 떨리기 시작했다. 노숙자는 그 자리에 풀썩 주저앉았다.

도저히 자신이 한 일이라고는 믿기지 않았다. 하지만 모든 정황이 그렇다고 말해주고 있었다.

애애애앵—

사이렌 소리가 점점 가까워졌다.

갑작스레 두려움이 밀려왔다. 이렇게 잔인한 일을 벌인 자신이 경찰에 잡힌다면 사형 당할지도 모른다는 생각이 머릿속을 스쳤다.

자신의 손에 억울하게 죽어간 사람들은 조금도 생각나지 않았다.

자신이 죽을지도 모른다는 두려움만이 가득할 뿐이었다.

"다, 달아나야……."

노숙자는 힘겹게 몸을 일으켰다.

경찰차의 경광등 빛이 눈에 들어왔다.

노숙자는 비척이며 걸음을 옮기기 시작했다.

경찰차가 도착하기 전에 빨리 현장을 빠져나가야만 했다.

처음에는 다리에 힘이 들어가지 않아 제대로 걷지 못했지만 노숙자는 이내 거의 달리듯 현장을 빠져나갔다.

죽고 싶지 않다는 본능이 밀려오는 죄책감과 두려움을 짓눌러 버린 것이다.

서둘러 현장을 빠져나가는 노숙자의 뒷모습을 바라보며 평범한 인상의 사내는 입꼬리를 말아 올렸다.

"여기까진가 보군. 그럼 어디 가볼까?"

평범한 인상의 사내는 천천히 노숙자가 사라진 방향으로 걸음을 옮기기 시작했다.

잠시 후 경찰차가 현장에 도착했을 때에는 길거리를 가득 적힌 흥건한 피 웅덩이 사이에 있는, 참혹하게 살해된 시체 밖에는 아무것도 없었다.

타타탓—

노숙자는 가로등의 빛이 닿지 않는 어두운 골목만 골라 최대한 현장에서 멀리 달아나고 있었다.

환락가의 골목은 사람들이 잘 다니지 않는 구석진 곳이 많아 도망치기에 용이했다.

워낙에 어두운 곳이 많아 사람들도 잘 지나다니지 않는 곳이 대부분이었다.

사람들의 눈을 피해야 하는 노숙자로서는 다행이랄 수 있는 일이었다.

한참을 정신없이 내달리던 노숙자는 어두운 골목 구석에서 걸음을 멈췄다.

숨이 턱 끝까지 차올랐다.

거친 숨을 몰아쉬며 노숙자는 경계심 가득한 얼굴로 주위를 살폈다.

"허억, 허억!"

워낙에 쉬지 않고 달린 탓에 입가에 단내가 났다.

간신히 거칠어진 호흡을 고른 노숙자는 다시 걸음을 옮기기 시작했다.

하지만 채 몇 걸음 가지 못하고 멈춰 서야 했다.

짙은 피비린내가 코끝을 자극해 갑작스레 욕지기가 치민 탓이었다.

"우욱! 우웨에엑!"

노숙자는 위장에 있던 내용물을 쏟아냈다.

뱃속이 완전히 텅 비고, 시큼한 위액이 계속해서 역류할 때까지 토해내던 노숙자는 힘이 빠져 토사물 위에 그대로 풀썩 주저앉았다.

뱃속을 완전히 비웠음에도 욕지기는 가시지 않았다.

몇 번고 계속 위액을 토해낸 탓에 식도가 타들어가듯 따끔거렸다.

한참을 그러고 있던 노숙자는 억지로 몸을 일으켰다.

잡히지 않으려면 더 멀리 달아나야 했다.

노숙자는 피와 토사물 범벅이 된 채로 비틀비틀 힘겨운 걸음을 내딛었다.

그때였다.

"생각보다 멀리까지 달아났군그래."

등 뒤에서 들려온 싸늘한 음성에 노숙자는 돌처럼 덜컥, 몸이 굳었다.

'겨, 경찰인가⋯⋯?'

교수대에 목이 매달린 자신의 모습이 선명하게 머릿속에 떠올랐다.

두려움이 밀려왔다. 절로 몸이 바르르 떨렸다.

노숙자는 온힘을 다해 고개를 돌렸다. 열 걸음 정도 떨어진 곳에서 전혀 경찰로 보이지 않는 평범한 인상의 사내가 씨익 미소를 짓고 있었다.

절로 안도의 한숨이 흘러나왔다.

노숙자는 평범한 인상의 사내를 무시하고는 돌아서서 다시 걸음을 옮기기 시작했다.

하지만.

"커헉!"

노숙자는 짧은 신음을 토해냈다.

분명 열 걸음이나 떨어진 곳에 있던 평범한 인상의 사내를 등지고 돌아선 노숙자였다.

그런데 어느새 자신의 바로 앞에 나타난 평범한 인상의 사내가 손을 뻗어 노숙자의 목덜미를 콱 움켜쥐었다.

숨이 탁 막혔다. 노숙자는 자신의 목덜미를 쥔 사내의 손을 강하게 내려쳤다.

픽—!

보통 사람이었다면 팔이 부러질 정도로 강하게 내려쳤지만 평범한 인상의 사내는 꿈쩍도 하지 않았다.

오히려 무시무시한 힘으로 버둥거리는 노숙자를 들어 올렸다.

"내 볼일이 끝나기도 전에 그렇게 달아나면 쓰나. 크큭."

평범한 인상의 사내는 씨익 미소를 지으며 노숙자의 목을 쥔 손에 힘을 줬다.

버둥거리던 노숙자의 움직임이 차츰 잦아들었다.

얼마 지나지 않아 노숙자는 허옇게 눈을 까뒤집은 채 축 늘어졌다.

아직까지 질식사한 것은 아니었다.

노숙자는 아득해 져가는 의식의 끈을 억지로 붙잡고 버텼다.

'주, 죽고 싶지 않아……'

노숙자는 남은 온 힘을 다해 손을 뻗었다.

바르르 떨리는 노숙자의 손이 자신의 목덜미를 잡고 있는 손에 닿은 순간, 억지로 이어가고 있던 의식의 끈이 툭, 하고 끊어졌다.

간신히 들어 올린 손도 힘없이 스륵 떨어져 내렸다.

"그럼 어디……."

노숙자가 더 이상 아무런 움직임도 보이지 않자 평범한 인상의 사내는 망설임없이 목덜미를 잡은 손에 힘을 더했다.

우드득—

뼈가 부러지는 소리와 함께 어디선가 검은 안개가 피어올라 죽은 노숙자의 몸을 감쌌다.

검은 안개는 회오리바람처럼 노숙자의 주위를 맴돌며 온몸을 뒤틀었다.

우드득! 빠각!

온몸의 뼈가 으스러지는 소리가 터져 나왔다.

축 늘어진 노숙자의 몸은 관절이 없는 연체동물처럼 힘없이 흐물거렸다.

입꼬리를 말아 올린 평범한 인상의 사내가 죽은 노숙자의 목덜미를 잡은 손에 더욱 힘을 주자 낮은 울림과 함께 검은 안개가 마치 압착기처럼 노숙자의 몸을 짓눌렀다.

와드득—

노숙자의 몸이 점점 줄어드는 검은 안개에 짓눌려 으스러지고 구겨졌다.

촤아악—!

검은 안개가 축구공만 한 크기로 줄어들자 그 사이로 대량의 피가 뿜어져 나왔다.

평범한 인상의 사내는 검은 안개로 이루어진 구체를 천천히 자신의 심장 부근에 밀어 넣었다.

"크, 크크크. 역시 예상대로로군. 이 정도의 기운이라니. 지난번에 망친 일을 이렇게 보상을 받는군그래."

싸늘한 미소를 지으며 평범한 인상의 사내는 자신의 손에 남은 한 줌의 고깃덩이를 아무렇게나 휙 던져 놓고는 천천히 왔던 길을 되돌아가기 시작했다.

덜컹―

문이 열리자 트렌치코트 사내가 고개를 돌렸다.

한참 전에 밖에 나갔던 평범한 인상의 사내가 만족스러운 미소를 지으며 안으로 들어오고 있었다.

희미하지만 피비린내가 나는 것 같았다.

"무슨 짓을 하고 오는 거냐? 방해꾼을 처리하기 전까지는 자중하라고 하지 않았던가?"

트렌치코트 사내의 싸늘한 말투에 평범한 인상의 사내는 미간을 살짝 찌푸렸다.

"서로에 대한 간섭은 금지되어 있는 걸로 알고 있는데?"

맞는 말이었다.

방해꾼을 처리하기 위해 일시적으로 함께 있기는 했지만 자신들은 원래부터 완전한 독립적인 존재였다.

마뜩찮은 일이었지만 트렌치코트 사내는 나직이 한숨을 내쉬며 입을 열었다.

"간섭하는 게 아니다. 그저 일의 선후를 생각해 보라는 뜻
이지."

"생각은 해보도록 하지. 남의 일에 오지랖 떨지 말고 네놈
이 하는 일에나 신경 쓰는 건 어때?"

귀찮다는 듯 대충 대답하며 평범한 인상의 사내는 돌아서
서 다시 밖으로 휙, 나가 버렸다.

그 모습을 가만히 바라보던 트렌치코트의 사내는 구겨진
얼굴로 나직이 한숨을 내쉬었다.

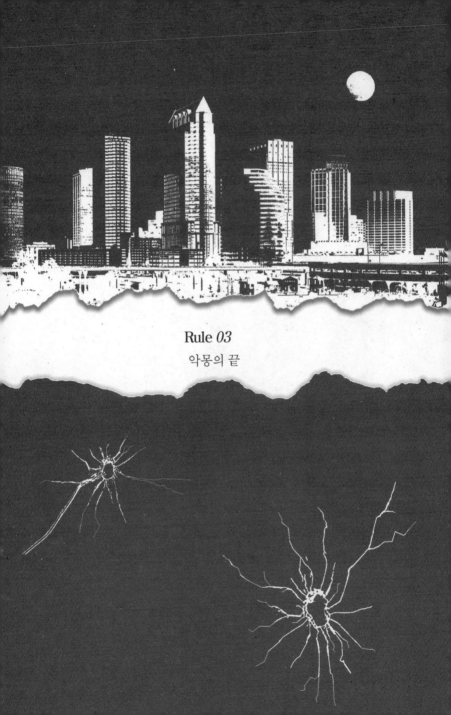

Rule *03*

악몽의 끝

홍콩의 번화가, 침사추이에 위치한 그랜드 구룡 호텔의 43층 최상층의 펜트하우스에 구룡회의 여덟 장로가 모였다.

본래라면 아홉 명이어야 하지만 수년 전 마오가 죽은 후에 그의 자리는 공석이 되었다.

마오의 조직은 자연스레 첸의 휘하로 흡수되었다.

구룡회의 여덟 장로가 한자리에 모인 것은 마오의 사후처리를 의논하기 위한 회의 이후 처음으로 있는 일이었다.

그동안 구룡회의 큰 이권이 걸린 사업들이 많았지만 장로들은 서로의 활동 영역에는 참견하지 않았다.

혹시라도 다른 장로가 추진하는 사업에 끼어들었다가 실패했을 시에 따르는 책임을 회피하기 위해서였다.

당연히 구룡회의 장로들은 구룡회 전체의 명운이 걸린 일이 아니라면 서로의 일에 전혀 간섭을 하지 않았다.

혹시라도 다른 장로가 빈틈을 보인다면 그 자리를 차지하기 위해 술수를 꾸민다면 모를까.

그런데 여덟 장로가 한자리에 모였다는 것은 구룡회에 심각한 문제가 생겼다는 뜻이기도 했다.

회의를 주최한 것은 첸과 적대시하고 있는 장로, 시앙 로우위였다.

가장 먼저 도착해 다른 장로들을 기다리고 있던 시앙 로우위는 마지막으로 첸이 도착하자 지팡이를 짚고 천천히 몸을 일으켰다.

"다들 모인 것 같으니 회의를 시작하겠소. 안건은 일전에 한국에서 있었던 사건에 관해서요. 한국의 일은 첸 장로가 일임하고 있는 걸로 알고 있는데…….."

시앙은 말꼬리를 흐리며 힐끗 첸을 바라보았다.

시앙의 의도를 대충 눈치챈 첸의 눈썹이 꿈틀했다.

이내 아무렇지도 않은 듯 첸은 태연한 얼굴로 입을 열었다.

"그렇소. 마오가 살아 있었다면 그가 담당했을지도 모르지만 어쩔 수 없이 내가 맡게 되었소이다."

첸의 말에 시앙은 가만히 고개를 끄덕이며 말을 이었다.

"다들 아시다시피 첸 장로는 한국에서의 일을 아주 잘 처리해 주셨소이다. 한국의 각 정재계 관계자들과의 긴밀한 협조를 통해 재단법인 진용을 성공리에 자리 잡게 했고, 그 덕에 구룡회는 음양으로 많은 수익을 한국에서 거둘 수 있게 되었소."

시앙의 말이 진심이 아닌 입에 발린 칭찬이라는 것쯤은 이 자리에 있는 장로들 모두 금세 알아챌 수 있었다.

시앙이 호시탐탐 첸의 자리를 노리고 있는 것을 잘 알고 있는 장로들이었으니.

"그건 우리도 잘 알고 있는 바요. 첸 장로 덕에 본회의 하부 조직들이 상당한 수입을 올리고 있다는 것쯤은 말이오. 겉치레는 그쯤 해두시고 본론을 말씀해 보시오. 오늘 긴급회의를 소집한 이유가 뭐요?"

첸의 맞은편에 앉아 있는 장로, 루푸 쯔웨이가 살짝 인상을 찌푸리며 단도직입적으로 물었다.

나이에 비해 20여 년은 젊어 보이는데다 평소에도 성미가 급하기로 소문난 루푸 장로였으니 두루뭉술하게 시작하는 시앙의 화법이 마음에 들 리 없었다.

시앙은 피식 미소를 지으며 조용히 입을 열었다.

"알겠소이다. 바로 본론으로 들어가도록 하지요. 얼마 전

한국에서 있었던 일 때문에 이렇게 회의를 소집하게 된 거요. 다들 첸 장로가 보내준 보고서를 읽어 보셨을 거요."

"첸 장로의 보고서라면… 암룡들이 반란을 일으켰다던 그 일 말이오?"

시앙의 옆에 앉아 있는 롱 헤이커 장로가 반문했다.

시앙은 가만히 고개를 끄덕이며 말을 이었다.

"그렇소. 암룡 넷이 개인적인 목적으로 스스로의 권한을 남용해 반역자로 간주되어 제거된 일을 말하는 거요."

"그거라면 별다른 이견이 없는 일 아니었소? 보고서에도 이상한 점은 없었던 걸로 기억하오만……."

롱 장로의 말에 시앙은 가만히 고개를 내저었다.

"아니오. 일견 그럴 듯하게 꾸며진 보고서였지만 제대로 설명하지 않고 두루뭉술하게 넘긴 사항이 너무 많았소. 암룡들이 권한을 남용했다는 것도 솔직히 믿기 힘들었고. 때문에 개인적인 비선을 동원해 은밀히 조사를 해보았소. 그리고 첸 장로가 보고하지 않은 숨겨진 내막을 알게 되었지."

"숨겨진 내막이라니? 뜸들이지 말고 빨리 말씀해 보시오."

성미 급한 루푸 장로가 시앙의 말을 재촉했다.

시앙은 자신의 앞에 놓인 차를 한 모금 마시며 흘끗 첸을 바라보았다.

태연함을 가장하고 있었지만 이마에 땀이 맺히기 시작한

첸의 모습에 시앙은 속으로 쾌재를 부르며 다시 말을 이었다.

"진상은 놀라웠소. 개인적인 목적을 위해 권한을 남용했다는 암룡들은 사실 모종의 일을 처리하기 위해 첸 장로가 불러들인 것이더구려."

시앙은 잠시 말을 끊고 천천히 장로들을 둘러보았다.

첸을 제외한 다른 장로들은 모두 놀란 표정이었다.

여섯 장로의 시선이 일제히 첸에게로 향했다.

시앙은 입꼬리를 말아 올리며 이야기를 계속했다.

"수년 전, 본회가 한국에 진출하기 위해 기반 작업을 하던 때 있었던 불미스러운 사건을 기억하고 계시오? 암룡 둘이 첸 장로에게 불만을 품고 모반을 꾀한 일말이오."

기억을 더듬던 장로 중 하나가 고개를 끄덕이며 대답했다.

"그런 일이 있었다고 얼핏 지나가듯 들은 기억이 나는구려."

"당시 첸 장로는 반역자 둘을 모두 제거했다고 했었소. 하지만 그중 하나가 어째서인지 살아남은 것 같더구려. 첸 장로가 암룡들을 한국으로 불러들인 것은 그자를 제거하기 위함이었다오."

"반역자를 제거하기 위해 부른 암룡이 오히려 반역자가 되어 제거당하다니 그게 무슨 말도 안 되는 헛소리요!"

루푸가 주먹으로 테이블을 쾅, 내려치며 버럭 했다.

시앙은 눈 하나 깜짝하지 않고 이글이글 타오르는 루푸와
눈을 마주했다.

"모두 사실이오."

"증거가 있소?"

롱이 신중한 얼굴로 물었다. 시앙은 가만히 고개를 끄덕이
며 낮게 소리쳤다.

"준비한 자료를 가져와라."

"예, 대인!"

커다란 대답과 함께 기다렸다는 듯 문이 열리고 검은색 정
장을 입은 사내 두엇이 안으로 들어와 장로들에게 서류철을
건네주고는 밖으로 나갔다.

장로들은 고개를 갸웃거리며 서류를 한 장, 한 장 넘겨보기
시작했다.

페이지가 넘어갈 때마다 장로들의 얼굴이 조금씩 일그러
졌다.

그에 반면 첸의 얼굴은 점점 창백해져만 갔다.

시앙은 피식 미소를 지으며 다시 입을 열었다.

"서류를 보면 다들 아시겠지만 모든 일의 중심에는 정찬혁
이라는 암룡이 있소이다. 첸 장로가 친 자식처럼 아꼈던 자였
소이다. 그자에 대한 기록은 삭제되어 있었지만 간신히 복원
할 수 있었다오. 나도 복원된 자료를 보고 놀람을 감출 수 없

었소이다. 설마 첸 장로가 마오 장로를 죽였을 줄은 꿈에도 생각지 못했던 일이오."

루푸의 얼굴이 분노로 시뻘겋게 달아올랐다.

"지금 이게 모두 사실이오, 첸 장로?"

첸은 아무런 말도 하지 않았다. 그저 가만히 시앙을 바라보고 있을 뿐이었다.

"좀 앞뒤가 안 맞는 것 같소만. 첸 장로가 반역자인 정찬혁이라는 자를 제거하기 위해 암룡들을 한국으로 불러들였다고 하지 않았소? 그런데 왜 정찬혁이 아닌 다른 암룡들이 반역자로 처분된 거요?"

룽은 신중한 얼굴로 조심스레 질문을 던졌다. 꽤나 정곡을 찌르는 의문이었다.

시앙은 잘 모르겠다는 듯 어깨를 으쓱해 보이며 첸을 바라보았다.

"그건 내가 아니라 첸 장로에게 물어보는 게 나을 듯하오만? 어떠시오, 첸 장로. 왜 그런 것인지 대답해 줄 수 있겠소?"

장로들의 시선이 일제히 첸에게로 향했다.

첸은 아무런 말 없이 가만히 시앙과 눈을 마주했다. 다른 장로들이 첸의 대답을 재촉했다.

"뭐하는 거요, 첸 장로. 제대로 설명해 주시오."

"이게 모두 사실이라면 첸 장로는 본회를 배반한 것이오. 무어라 변명이라도 해보시오."

"침묵이 해답은 아니오. 모함이라면 그렇다고 말하시오."

장로들의 채근에도 첸은 한참을 아무런 말도 하지 않았다.

10여 분이 지난 후에야 첸은 길게 한숨을 내쉬며 조용히 입을 열었다.

"원하는 게 뭐요, 시앙 장로."

첸의 말에 시앙의 입꼬리가 더욱 말려 올라갔다.

시앙은 조금 생각하는 체하더니 나직이 말했다.

"배신의 대가는 죽음이오. 하나 그동안 첸 장로가 한 일은 의도가 어쨌든 간에 본회에 크게 이득이 되었소. 개인적인 의견이지만 그동안의 쌓아온 공(功)으로 과(過)를 충분히 덮을 수 있을 거라 생각하오. 하지만……."

시앙은 뜸을 들이며 말꼬리를 흐렸다.

이번에는 장로들의 시선이 시앙의 입으로 향했다. 시앙의 입이 천천히 벌어지기 시작했다.

"하지만 그냥 넘길 수는 없는 일이니, 지금까지 첸 장로가 관리하고 있던 사업은 모두 본회의 공동 관리 체계로 전환하고 장로 직을 박탈할 것을 건의하는 바요. 다들 어떻소? 이 정도면 배신에 대한 대가로 충분하지 않겠소? 어차피 우리 모두 살날이 얼마 남지 않았으니 굳이 죽음을 선사할 필요는 없다고 생각하오만."

"좋은 생각이오."

"그 정도 처벌이면 충분할 것 같소이다."

"아니되오. 배신의 대가는 죽음으로 치러야 하오."

루푸가 거세게 반발했지만 이미 대세는 정해진 것이나 마찬가지였다.

루푸를 제외한 다른 장로들은 저마다 고개를 끄덕이며 시앙의 제안을 찬성했다.

루푸 혼자 반대해 봤자 첸에 대한 처분은 이미 결정된 것이나 마찬가지였다.

시앙은 빙그레 미소를 지으며 입을 열었다.

"첸 장로, 아니, 배신자 첸 카이후의 처분은 다수결로 결정되었소. 구룡회의 장로로서 지닌 모든 권한을 박탈하고, 추방할 것이오. 앞으로 구룡회의 영역에서 첸 카이후의 모습을 보는 일은 절대로 없을 것이오. 만약 멀리 떠나지 않고 본회의 영역에서 눈에 띈다면 그때는 죽음의 대가를 치르게 될 것이오. 처분을 받아들이시겠소?"

시앙은 승리의 쾌감에 취한 눈으로 첸을 바라보았다. 첸은 가만히 고개를 끄덕였다.

"받아들이겠소."

대답과 동시에 첸은 휠체어를 돌려 문밖으로 향했다.

밖에서 대기하고 있던 조직원 하나가 급히 첸에게 다가와 휠체어를 밀어주려고 했다. 하지만 시앙의 낮은 외침이 조직원의 행동을 막았다.

"그만둬라. 배신자와 함께 추방되고 싶지 않다면."

조직원은 순간 움찔했다. 그러는 사이 첸은 천천히 휠체어의 바퀴를 굴려 엘리베이터에 닿았다.

문이 열려 있는 엘리베이터에 오른 첸은 지하 3층을 눌렀다.

엘리베이터의 문이 닫히기 시작하자 첸은 자신을 바라보고 있는 장로들을 향해 나직이 입을 열었다.

"그동안 수고 많으셨소이다. 다음에는 아마도 다들 저승에서나 다시 만날 수 있겠구려."

닫혀가는 엘리베이터 문틈으로 표정을 구긴 시앙의 모습이 첸의 눈에 들어왔다.

우웅, 하는 소리와 함께 엘리베이터가 내려가기 시작했다.

첸은 나직이 한숨을 내쉬며 스륵 눈을 감았다.

"회의는 잘 끝나셨습니까, 첸 대인?"

첸이 지하주차장에 도착하자, 차 앞에서 대기하고 있던 린이 다가오며 조용히 질문을 던졌다.

첸은 쓸쓸한 미소를 지으며 천천히 입을 열었다.

"잘 끝났냐고? 하긴 잘 끝났다면 잘 끝난 거겠지."

"그게 무슨 말씀이십니까?"

"앞으로 다시는 눈에 띄지 말라고 하더구나."

"그게 무슨……?"

"시앙 장로가 찬혁이 일을 모두 알고 있더구나. 어떻게 구한 것인지 삭제한 자료까지 모두 가지고 있었다."

린의 눈이 찢어질 듯 크게 치켜떠졌다.

"그러면!"

첸은 가만히 고개를 끄덕였다.

"구룡회의 눈길이 닿지 않는 곳으로 떠나라고 하더구나. 목숨을 건진 게 다행이라고 해야겠지."

"첸 대인……."

"나는 괜찮으니 린, 너는 본회에 남거라. 아직 구룡회는 네 능력이 필요할 테니. 괜히 너까지 고생할 필요는 없다."

첸의 말에 린은 가만히 고개를 내저었다.

"싫습니다. 대인을 모실 겁니다."

"진심이냐?"

"예."

"날 따르는 건 지금까지와는 비교도 안 될 정도로 힘든 길이 될 게다. 지금은 그냥 보내 줬지만 언제고 날 다시 죽이려 들 테니 말이다."

"괜찮습니다. 모시겠습니다, 대인."

왠지 모르게 정찬혁을 닮은 린의 단호한 눈빛에 첸은 나직이 한숨을 내쉬며 고개를 끄덕였다.

"그 고집은 여전하구나, 린."

"다 대인께서 가르쳐 주신 덕입니다."

첸은 저도 모르게 피식 미소를 지었다.

"그럼 가자꾸나."

"어디로 가실 겁니까?"

휠체어를 밀며 린이 질문을 던졌다. 잠시 생각하던 첸은 조용히 입을 열었다.

"한국으로 가자꾸나……."

"예, 대인."

린은 고개를 끄덕이며 휠체어를 밀었다. 그러다 문득 첸의 축 쳐진 어깨가 린의 눈에 들어왔다.

지금까지 수백, 수천의 조직원을 이끌던 첸의 등이 이렇게까지 작고 초라하게 느껴진 적은 처음이었다.

*　　　*　　　*

서울로 돌아온 정찬혁은 그날부터 발행되는 모든 신문을 사들였다.

기이한 느낌을 주는 사건 기사를 발견한다면 언제쯤 권속들을 상대할지 대충이나마 알아낼 수 있을 거라는 생각 때문이었다.

아무것도 얻지 못할 수도 있었지만 무작정 기다리는 것보다는 나을 것이다.

아니나 다를까.

정찬혁은 권속들과 관련이 있을지도 모르는 사건 하나를 찾아낼 수 있었다.

세종특별자치시의 환락가에서 벌어진 한 노숙자의 무차별 대량 살인 사건이었다.

노숙자 하나가 식칼을 들고 환락가에서 난동을 부리며 다섯 사람을 살해한 것이었다.

그 사건 자체는 현장 사진을 봐도 별다른 느낌이 없었다.

숙주의 흔적이 남아 있지도 그렇다고 권속들 특유의 기이한 느낌이 있는 것도 아니었다.

하지만 사건을 일으키고 달아난 노숙자가 형체도 알아볼 수 없을 정도로 짓이겨진 시체로 발견되었다는 기사에서는 아주 희미하게나마 기이한 느낌이 남아 있었다.

사진이 그리 뚜렷하지 않아 확실치는 않았지만.

처음 권속의 기운을 느낀 사건은 천안, 두 번째는 서천의 장항항, 그리고 세 번째는 세종특별자치시.

뭔가 장소가 들쭉날쭉하다는 생각이 얼핏 들었지만, 장항항에서의 흔적으로 어느 정도 그림이 그려졌다.

천안에서 나타난 권속들이 누군가를 데리러 장항항으로 갔다가, 서울 방향으로 올라오고 있다는 것이었다.

다른 사건이 한 번 더 생긴다면 그 추측에 확신을 가질 수 있을 것이다.

다행인 것은 권속들의 이동속도가 그리 빠르지 않다는 것이었다.

이동속도가 변하지 않는다는 가정 하에 권속들이 서울에 도착하는 시간을 계산해 보면 짧게 잡으면 닷새, 넉넉잡아 일주일 정도는 소요될 터였다.

그 안에 권속들을 상대할 대책을 마련해 둬야 했다.

요 며칠 동안 신유진이 나타나지 않고 두문불출하고 있는 것도 대비책을 마련하기 위해서였다.

이블 불릿만으로 권속을 상대하기에는 벅차다고 하며 신유진은 자신의 방에 틀어박혔다.

그 덕에 악마의 기운을 회수하는 일은 당분간 개점휴업 상태였다.

본의 아니게 생긴 긴 여유 시간이었다.

하지만 정찬혁은 조금도 쉬지 않고 몸을 단련하고 기사를 뒤적이며 시간을 보냈다.

잠을 자지 못하는 정찬혁에게는 하루 24시간은 길고도 긴 시간일 뿐이었다.

네 시간에 한 번 씩 찾아오는 고통의 시간은 괴롭고, 힘들 었지만 정찬혁의 무료함을 달래주는 시간이기도 했다.

가장 큰 문제는 예상치 못한 순간에 찾아오는 현기증과 풀 리지 않고 쌓여만 가는 피로감이었다.

하루 종일 몸을 혹사시키지 않고 휴식을 취해 봤지만 피로 감은 사라지지 않았다.

오히려 더욱 누적되는 것만 같았다. 격렬한 운동으로 시간 을 보내도 그것은 마찬가지였다.

예고 없이 찾아오는 현기증은 피로감을 더욱 누적시켜만 갔다.

자신의 약점에 대한 마땅한 해결책도 찾지 못한 채, 시간은 하루하루 흘러만 갔다.

"이거면 권속들에게도 충분히 피해를 입힐 수 있을 거예 요."

신의 방에 틀어박힌 지 닷새째가 되는 날, 신유진은 피로에 잔뜩 절은 모습을 하고 카페로 달려들었다.

신문을 가득 쌓아놓고 사건 기사를 뒤적이던 정찬혁은 천 천히 고개를 들었다.

신유진의 손에는 이블 불릿과 비슷한 형태의 탄환이 들려 있었다.

"그건 뭐지?"

"이블 불릿을 바탕으로 위력을 조금 올리고, 특수 처리를 한 거예요. 이 정도면 권속들도 충분히 상대할 수 있을 거예요."

"설마 이블 불릿처럼 미간을 맞춰야 효과가 있는 건 아니겠지?"

정찬혁의 질문에 신유진은 고개를 내저었다.

"아뇨. 어딜 맞춰도 효과는 있을 거예요. 숙주는 악마의 기운을 회수하기 위해서는 어쩔 수 없지만, 권속들은 쓰러뜨리기 위한 거니까요."

"그거 다행이로군."

지금까지 이블 불릿을 숙주의 미간 중앙에 맞추기 위해 상당한 고생을 해야 했던 정찬혁이었다.

가장 힘든 조건 하나가 없어졌으니 권속들을 상대하기 좀 더 수월해진 것이다.

"권속들을 상대할 대비도 했으니까 오늘부터는 다시 숙주를 찾아다닐 수 있을 거예요. 참고로 이 탄환은 숙주에게는 일반적인 총알과 다름없으니까 장전할 때 착각하시면 안 돼요."

"기억해 두겠다."

정찬혁이 고개를 끄덕이자 신유진은 길게 하품을 하며 돌아섰다.

"으하암. 그럼 전 좀 자고 나올 게요. 오늘은 다른 때보다 좀 늦을지도 몰라요."

"오늘은 푹 쉬고 내일부터 시작하는 게 좋을 것 같다."

정찬혁의 말에 신유진은 고개를 절레절레 내저었다.

"아뇨. 꼭 나올 게요. 기다려요. 으하암."

"맘대로 해라."

거푸 하품을 하며 신유진은 터덜터덜 카페 밖으로 걸음을 옮겨갔다.

거의 반쯤 졸면서 걸음을 옮기는 것이 금방이라도 쓰러질 것 같았지만 정찬혁은 이내 관심을 끊고 신문으로 시선을 돌렸다.

평소보다 서너 시간이 늦은 자정이 되어서야 신유진은 헐레벌떡 카페로 달려왔다.

정찬혁은 불을 켜지도 않고 어둠 속에서 가만히 신유진이 다가오는 것을 바라보았다.

"늦어서 죄송해요. 알람을 맞춰 놨는데 너무 피곤해서 그런지 그냥 계속 자버렸나 봐요."

"출발하지."

몸을 일으킨 정찬혁은 천천히 밖으로 걸음을 옮기기 시작했다.

지금 정찬혁의 품속에는 이불 불릿이 장전되어 있는 탄창과 권속들을 상대하기 위한 탄환이 장전되어 있는 탄창이 각각 하나씩 들어 있었다.

*　　　*　　　*

"젠장! 대체 언제 깨어나는 거냐?"

평범한 인상의 사내가 짜증이 가득 섞인 음성을 토해냈다.

트렌치코트 사내는 가만히 바닥에 드러누워 있는 알몸의 사내를 힐끗 바라보며 고개를 내저었다.

"글쎄. 나도 모르겠다. 벌써 깨어나고도 남을 시간이 지났건만……."

평범한 인상의 사내는 못마땅하다는 듯 혀를 찼다.

"쳇! 차라리 둘이서 방해꾼을 찾으러 가는 편이 훨씬 시간 낭비가 없었을 거다. 네놈 때문에 이게 대체 무슨 꼴이냐?"

"면목 없다."

"지금이라도 저놈을 버려두고 가는 게 나을 것 같은데 어떠냐?"

잠시 생각하던 트렌치코트 사내는 이내 고개를 내저으며 입을 열었다.

"아니, 방해꾼이 어떤 자인지 알 수 없는 일이니 셋이 함께 가는 편이 더 나을 거다."

"쳇! 마음대로 해라."

평범한 인상의 사내는 그대로 휙 돌아서서 밖으로 나가 버렸다.

트렌치코트 사내는 길게 한숨을 내쉬며 알몸의 사내를 가만히 바라보았다.

알몸의 사내는 간헐적으로 몸을 부르르 떨거나 손끝을 까딱일 뿐, 눈을 뜰 기미는 조금도 보이지 않았다.

깊은 잠에 빠져 있는 것만 같았다.

트렌치코트의 사내는 거푸 한숨을 내쉬며 천천히 돌아섰다.

어두운 방 안에 홀로 남은 알몸의 사내는 고른 숨을 내쉬며 가만히 누워 있었다.

사내는 마치 꿈이라도 꾸는 듯 눈꺼풀 아래의 눈동자가 빠른 속도로 좌우로 움직였다.

*　　　*　　　*

"가자. 지금이 최적의 기회다."

알렉스는 다섯 조장과 함께 쏟아지는 빗속으로 몸을 던졌다.

정찬혁이 한바탕 휩쓸고 지나간 덕에 로비를 지키고 있는 조직원의 숫자는 그리 많지 않았다.

알렉스는 망설임 없이 방아쇠를 당기며 조직원을 하나씩 쓰러뜨려갔다.

다섯 조장도 서로 한 몸이 된 것처럼 일사분란하게 움직여주었다.

투타타타―

"크아악!"

"스, 습격이다! 모두 막아라!"

총성과 비명, 고함으로 호텔로비는 혼란에 빠져들었다.

정찬혁의 습격을 막아내고 한숨을 돌리고 있는 참에 달려든 알렉스 일행에게 조직원은 제대로 저항도 하지 못하고 쓰러져 갔다.

순식간에 1층을 돌파한 알렉스 일행은 엘리베이터에 올랐다.

정찬혁이 파괴한 배전실을 아직 복구하지 못한 탓에 엘리베이터는 붉은 조명이 깜빡이고 있었다.

비상 전원으로 작동하고 있다는 뜻이었다.

알렉스는 2층부터 모든 층의 버튼을 누르고 문을 닫았다.

우웅—

낮은 구동음과 함께 엘리베이터가 위층을 향해 움직이기 시작했다.

알렉스는 기관단총의 탄창을 갈며 옆에 있는 샤오를 힐끗 바라보며 말했다.

"준비해라, 샤오."

샤오는 고개를 끄덕이며 품속에서 수류탄을 꺼내 들었다. 2층에 도착한 엘리베이터 문이 스륵 열렸다.

움찔하며 놀라는 조직원의 모습이 눈에 들어왔다. 알렉스 일행은 그대로 방아쇠를 당겼다.

투타타타타—

"크아악!"

총구가 불을 뿜고 조직원이 피를 흩뿌리며 쓰러졌다.

탄창이 텅 빌 때까지 방아쇠를 당긴 알렉스는 철컥하는 격철음이 귓가에 들려오자 샤오에게 슬쩍 눈짓했다.

샤오는 조금의 망설임도 없이 안전핀을 제거하고 조직원을 향해 수류탄을 내던졌다.

"수, 수류탄이다!"

"모두 피해!"

버럭 소리치며 남아 있던 조직원 중 일부가 몸을 날렸다.

바닥에 떨어진 수류탄이 터질 무렵, 엘리베이터 문이 스르륵 닫히고 다시 3층으로 올라가기 시작했다.

콰쾅—

이내 커다란 폭음과 함께 엘리베이터가 한차례 크게 출렁였다.

알렉스를 비롯한 일행은 씨익 미소를 지으며 빈 탄창을 교체했다.

이번에는 옌이 수류탄을 꺼내 들었다.

같은 방식으로 일행은 빠른 속도로 25층까지 제압해 갔다.

25층에 닿은 일행은 엘리베이터에서 내렸다.

26층부터는 반대쪽 복도에 있는 엘리베이터를 이용해야 했다.

"적이다! 막아라!"

투타타타— 타탕!

25층을 지키고 있는 조직원의 외침이 들려왔다.

알렉스 일행은 엘리베이터에서 내림과 동시에 몸을 날려 조직원의 총탄을 피했다.

"큭!"

반 박자 늦게 몸을 날린 리우가 낮은 신음을 토해냈다.

왼쪽 어깨에 총탄이 스친 탓이었다.

어깨의 살점 일부가 떨어져 나가 피가 터져 나왔다.

리우는 급히 옷을 찢어 지혈을 하고는 품속의 수류탄을 내던졌다.

콰콰쾅—

커다란 폭음과 함께 고통에 찬 비명이 뒤이어졌다.

주위 가득한 화약연으로 수류탄을 보지 못해 몸을 피하지 못한 조직원이 많았다.

"끄아아아! 내 다리! 내 다리가!"

"아악! 내 팔!"

순식간에 25층은 전쟁터의 아비규환이 재현되고 있었다.

폭발로 인한 먼지 돌풍이 가라앉기를 잠시 기다리던 알렉스는 일행과 눈빛을 교환하며 벌떡 일어나 복도 끝을 향해 내달리기 시작했다.

드르륵!

타타타타—

그러면서도 알렉스 일행은 눈에 띄는 조직원을 향해 방아쇠를 당기는 것을 잊지 않았다.

빠른 속도로 복도 끄트머리에 있는 엘리베이터에 올라탄 일행은 이전처럼 26층부터 31층까지 모든 버튼을 다 눌렀다.

"수류탄은 얼마나 남았지?"

알렉스의 질문에 조장들이 대답했다.

"저한테는 아직 두 개 남았습니다."

"전 하나 남았습니다."

"세 개 남았군요."

정확히 31층까지 하나씩 투척할 수 있는 숫자였다.

일행은 씨익 미소를 지으며 탄창을 갈고 수류탄 하나를 꺼내 들었다.

첸이 있는 펜트하우스의 바로 아래층인 31층까지는 그리 어렵지 않게 제압할 수 있었다.

최종 목적지인 펜트하우스를 앞두고 알렉스는 일행을 돌아보았다.

"다들 괜찮은 거겠지? 남은 탄약 체크해라"

"걱정 없습니다, 형님."

"최소한 스물은 더 잡을 수 있습니다."

부상자는 어깨를 다친 리우밖에 없었다.

그것도 총알이 스친 정도라 전력이 줄어드는 일은 없었다.

탄약도 각자 탄창이 두어 개 정도는 남아 있었다.

알렉스는 나직이 한숨을 내쉬었다.

정찬혁의 습격으로 인한 혼란이 가라앉기 전에 연이어 습격한 덕에 생각보다 훨씬 쉽게 31층까지 올 수 있었다.

하지만 문제는 지금부터였다.

이곳까지 올라오는 동안 알렉스는 첸의 친위대를 단 한 사람도 볼 수 없었다.

그렇다는 것은 친위대의 대부분이 펜트하우스에 포진해 있다는 뜻이었다.

정찬혁이 직접 훈련을 시킨 친위대였다.

암룡인 자신만큼은 아니겠지만 힘든 상대일 것은 틀림없었다.

게다가 친위대는 요인 보호를 위한 집단 전술에 최적화된 자들이었으니.

혼자라면 모를까, 일행을 이끌고 친위대를 상대해야만 했으니 더욱 곤란한 상황이었다.

차라리 혼자서 첸을 암살하는 편이 오히려 더 성공 확률이 높을지도 모르는 일이었다.

하지만.

"허튼 생각 마십쇼, 형님."

샤오가 선수를 쳤다. 알렉스는 무슨 소리냐는 듯 딴청을 피웠다.

"무슨 생각 말이냐?"

"지금 혼자서 빌어먹을 원수 놈을 암살하겠다는 생각을 하신 거 아닙니까?"

정곡을 찌른 샤오의 말에 알렉스는 저도 모르게 움찔했다.

이내 알렉스는 나직이 한숨을 내쉬며 고개를 끄덕였다.

"그래. 그러는 편이 성공 확률이 더 높을지도 몰라."

샤오가 무어라 소리치려는 찰나, 리우의 싸늘한 음성이 귓속으로 파고들었다.

"헛소리 마십시오. 형님 혼자서 가는 게 성공 확률이 높다고요? 혼자서 죽으러 가는 게 아니고요? 살아도 함께 살고, 죽어도 함께 죽습니다. 원수를 코앞에 두고 형님만 혼자 사지로 보내라고요. 그러실 거면 차라리 여기서 죽여주십시오."

"리우 말이 맞습니다. 형님 혼자 보낼 수는 없습니다. 안 그러냐, 얘들아?"

"당연하지."

"물론."

샤오의 말에 조장들은 저마다 맞장구를 치며 고개를 끄덕였다.

다들 의지가 완강했다. 이내 알렉스는 혼자서 잠입하려던 계획을 포기해야만 했다.

"알겠다. 모두 함께 가도록 하자."

알렉스는 나직이 한숨을 내쉬며 고개를 끄덕였다.

샤오를 비롯한 조장들은 당연하다는 듯 히죽 미소를 지었다.

알렉스도 서로를 마주보며 미소를 지었다.

하지만 마음이 편한 것은 아니었다. 빨리 다른 방법을 생각해 내야 했다.

이내 한 가지 계획을 떠올린 알렉스는 천천히 입을 열었다.

"친위대를 뚫고 첸에게 가려면 탄약이 많이 모자란다. 너희들은 근처에 있는 탄약들을 모두 모아와라. 구경은 상관없으니까 최대한 많이 가져와."

"알겠습니다, 형님!"

다섯 조장은 사방으로 뿔뿔이 흩어졌다.

일행이 탄약을 모으는 사이, 알렉스는 근처 객실에서 음료수 병을 몇 개 가져와 안을 비웠다.

그사이 탄약을 모으러 간 일행이 하나둘 돌아왔다.

촤르륵─

알렉스의 앞에 탄약이 산더미처럼 쌓였다.

주머니칼을 꺼낸 알렉스는 빠른 속도로 탄두를 제거하고 안에 있는 화약을 한자리에 끌어모았다.

그리곤 주위에 있는 쇳조각과 유리조각을 화약과 섞어 음료수 병에 채워 넣었다.

"지금 뭐하시는 겁니까, 형님?"

샤오가 조심스레 물었다. 알렉스는 손을 멈추지 않고 계속 같은 작업을 반복하며 대답했다.

"수제 폭탄이다. 실제 수류탄만큼 큰 위력이 있지는 않겠지만 잠시나마 발을 묶어두는 데는 꽤나 쓸 만할 거다."

순식간에 수제 폭탄 십여 개를 만든 알렉스는 조장들에게

라이터를 하나씩 건네며 말을 이었다.

"심지에 불을 붙이고 바로 던지면 된다. 심지가 길지 않으니까 불을 붙이자마자 바로 던져야 할 거다."

"알겠습니다, 형님."

조장들은 수제 폭탄을 두 개씩 품속에 챙겼다.

남은 탄환은 구경별로 분류해 각자 가져온 총기에 맞춰 모두 탄창에 장전했다.

각자 탄창 대여섯 개씩 챙길 수 있었다.

기본적인 준비를 마친 알렉스는 천천히 계획을 설명했다.

"계단과 엘리베이터, 양쪽에서 동시에 치는 거다. 당연히 양동 작전 정도야 친위대 놈들도 예측하고 있을 거다. 그러니 위장을 하는 거지."

알렉스는 근처에 굴러다니는 총기류 십여 개를 가져와 펜트하우스로 올라가는 엘리베이터에 설치했다.

문이 열리면 탄창이 빌 때까지 자동으로 방아쇠가 당겨질 수 있게 간단한 부비트랩을 설치한 알렉스는 씨익 미소를 지었다.

"이 녀석이 소란 피우는 동안 우리는 계단으로 올라가 놈들의 뒤를 친다."

알렉스는 엘리베이터의 펜트하우스 버튼을 누르고 문이 닫히기를 기다렸다.

엘리베이터가 올라가기 시작하자 알렉스는 일행을 향해 소리쳤다.

"가자! 마오 대인의 원수를 갚으러!"

일행은 일제히 펜트하우스로 오르는 계단을 향해 전력으로 내달렸다.

투타타타타타―

굳게 닫혀 있는 문 너머로 총성이 들려왔다.

무어라 소리치는 친위대의 음성도 총성 사이로 들려왔다.

알렉스가 눈짓하자 조장들은 수제 폭탄을 하나씩 꺼내 들고 불을 붙일 준비를 했다.

알렉스는 총을 든 채로 문을 힘껏 걷어찼다.

쾅―

묵직한 파열음과 함께 문이 활짝 열렸다.

동시에 심지에 불을 붙인 조장들이 수제 폭탄을 최대한 멀리 내던졌다.

쾅! 콰쾅!

피피핑―

수제 폭탄이 터지며 크고 작은 쇳조각과 유리조각을 사방에 흩뿌렸다.

"크아악!"

"으아악!"

날카로운 비명이 연이어 터져 나왔다.

알렉스는 방아쇠를 당기며 달려들었다.

그 뒤를 조장들이 뒤이었다. 알렉스와 일행은 서로 등을 맞댄 채, 정신없이 방아쇠를 당겼다. 연이은 총성과 비명이 주위를 어지럽혔다.

"크크. 역시 작전이 먹힌 것 같습니다, 형님!"

옌이 히죽 미소를 지으며 소리쳤다. 샤오가 고개를 끄덕이며 탄창을 갈아 끼웠다.

"당연하지. 누가 짠 작전인데. 안 그러냐, 리우?"

얼핏 보기에는 부비트랩을 이용한 성동격서(聲東擊西)가 주효한 것 같았다.

하지만 알렉스는 뭔가 잘못됐다는 생각이 들었다. 조장들이 일제히 품속에서 사제 폭탄을 꺼내 들었다.

그 순간!

무언가가 알렉스의 발밑으로 굴러왔다. 본능적인 위기감에 알렉스는 버럭 소리쳤다.

"모두 물러나!"

알렉스의 외침과 동시에 발밑으로 굴러온 무언가가 김빠진 소리를 내며 허연 연기를 뿜어냈다.

치이익—

약간 들이마셨을 뿐인데 눈이 따갑고, 감기에 걸린 것처럼 목이 아파왔다.

'최루탄!'

허연 연기의 정체를 금세 깨달은 알렉스는 숨을 참으며 급히 일행을 돌아보았다.

이미 최루 가스를 들이마신 것인지 일행은 쉴 새 없이 기침을 하며 눈물, 콧물을 쏟아내고 있었다.

"코, 콜록 콜록!"

"커헉!"

알렉스는 일행의 팔을 잡아당기며 물러나려 했다.

순간 알렉스의 귓가에 낮은 격철음이 들려왔다.

위기감을 느낀 알렉스는 기침을 하며 혼란에 빠진 일행을 향해 몸을 내던졌다.

투타타타—

거의 동시에 사방에서 총성이 빗발쳤다.

알렉스가 조금만 늦었다면 일행은 모두 사방에서 날아드는 총탄에 벌집이 되어버렸을 것이다.

알렉스는 왼손으로 입과 코를 막은 채로 소리쳤다.

"모두 정신 차려! 아래층으로 내려간다. 어서 날 따라와."

알렉스는 낮은 포복으로 서둘러 계단으로 향했다.

일행도 최루가스를 들이마신 충격을 어느 정도 덜어낸 것인지 조심스레 그 뒤를 따르기 시작했다.

알렉스를 비롯한 일행은 거의 구르듯 계단을 내려왔다. 하지만 안심할 수는 없었다.

계단을 달려 내려오는 발소리가 귓가에 들려왔다.

"젠장! 작전 실패다. 모두 후퇴한다!"

알렉스는 버럭 소리치며 일행을 다그쳤다.

이곳까지 올라올 때처럼 엘리베이터를 이용할 여유가 없었다.

알렉스를 비롯한 여섯 사람은 정신없이 계단을 달려 내려가며 방아쇠를 당기고, 또 낭겼다.

"허억, 허억!"

도무지 어떻게 지하 주차장까지 내려 온 것인지 제대로 기억이 나지 않았다.

그저 살아남기 위해 본능적으로 계속 움직였을 뿐.

아직 죽은 자는 없었지만 모두 만신창이였다.

알렉스도 왼팔 어깨 어림에 산탄을 맞아 뼈가 으스러졌다. 왼팔에 힘이 들어가지 않고 감각이 없었다.

"모, 모두 괜찮은 거냐?"

"크크, 두어 방 맞은 것 같수, 형님."

"겨우 그거냐? 난 다섯 방이나 맞았다."

쏠쏠한 웃음과 함께 대답이 들려왔다. 다들… 죽어가고 있었다. 알렉스는 자조적인 미소를 지으며 입을 열었다.

"모두 미안하다. 내 판단미스였다."

"뭘 그런 소릴 하시우. 다 우리가 못난 탓이지. 자책하지 마슈, 형님."

조장들이 저마다 한 마디씩 위로의 말을 건넸다.

잠깐의 휴식이었다.

빠른 속도로 다가오는 발소리가 귓가에 들려왔다.

알렉스는 마지막을 예감하며 마지막으로 남은 탄창을 갈아 끼웠다.

그런데 조장들의 대화가 이상하게 흘러가고 있었다.

살아도 같이 살고, 죽어도 같이 죽자고 맹세한 자신들이었다.

그런데 자신들이 막을 테니 알렉스만이라도 몸을 피하라고, 조장들은 그렇게 말했다.

알렉스는 거절했다. 마지막까지 조장들, 아니, 동생들과 함께 있고 싶었다.

하지만.

그나마 가장 부상이 적은 리우의 주먹에 알렉스는 의식이 아득해졌다.

억지로 의식의 끈을 붙잡아 보았지만 몸에 힘이 들어가지 않았다.

마취가 된 것처럼 몽롱한 상태로 알렉스는 리우의 손에 이끌려 호텔을 벗어나기 시작했다.

희미한 총성이 귓가에 들려왔다. 쓰러지는 동생들의 비명이 고막을 어지럽혔다.

알렉스는 아무것도 할 수 없었다.

알렉스를 들쳐 업은 채 리우는 호텔을 빠져나왔다.

쏟아지는 빗줄기가 온몸을 후려쳤다.

리우는 근처에 세워둔 승합차에 알렉스를 내던지듯 태우고는 급히 시동을 걸고 엑셀을 밟았다.

총성이 점점 멀어졌다.

얼마 지나지 않아 총성은 완전히 사라지고 승합차의 엔진 구동음 만이 규칙적으로 들려왔다.

알렉스는 서서히 의식을 되찾아 갔다.

끼이익― 쾅!

알렉스가 막 몸을 일으키려는 찰나, 갑자기 승합차가 도로를 벗어나 전신주에 부딪쳤다.

바닥을 뒹군 알렉스는 머리를 호되게 부딪쳤다.

정신이 번쩍 들었다. 벌떡 일어난 알렉스는 운전석의 리우에게 다가갔다.

리우는 핸들에 머리를 부딪쳐 피를 흘리고 있었다.

알렉스는 손을 뻗어 리우의 상체를 일으켰다.

하지만 리우는 그대로 힘없이 고개를 벌렁 뒤로 젖혔다.

가슴 언저리에 난 총상에서 피가 뿜어져 나왔다. 리우가 입술을 달싹였다.

'혀, 형님…. 꼭 사셔야 합니다, 꼭…….'

소리가 들리지는 않았지만 리우는 그렇게 말하고 있었다. 이내 리우는 더 이상 아무런 말도 하지 않았다.

눈앞이 흐릿해졌다. 눈물이 쏟아져 내렸다.

아무런 생각도 할 수 없었다. 리우가 남긴 마지막 말이 머릿속을 맴돌 뿐이었다.

알렉스는 승합차에서 내려섰다.

어디로 가야 하는지 알 수 없었다.

하지만 최대한 멀리 벗어나야 했다. 리우의 마지막 유언을 지키기 위해서라도.

쏟아져 내리는 빗속에서 알렉스는 비틀비틀 걸음을 옮기기 시작했다. 하지만 채 몇 걸음 가지 못하고 풀썩 쓰러졌다. 오른쪽 다리에 감각이 없었다. 힐끗 고개를 내리자 허연 무릎뼈가 드러날 정도로 심한 총상을 입은 채였다. 알렉스는 한 팔과 한 다리로 억지로 기어갔다. 그것만이 지금 알렉스가 할 수 있는 전부였다.

퍼펑—

순간 등 뒤에서 커다란 폭음이 들려왔다. 저도 모르게 고개를 돌렸다.

리우의 시신이 타고 있던 승합차가 폭발해 불타오르고 있었다.

알렉스는 쏟아져 내리는 비인지, 눈물인지 알 수 없는 무언가를 흘리며 가슴 깊이 절규했다.

＊　　　＊　　　＊

"허억!"

알몸의 사내, 알렉스는 짧은 신음을 토해내며 번쩍 눈을 떴다.

꿈이었다.

잊으려야 잊을 수 없는 그날의 꿈.

알렉스는 거친 숨을 내쉬며 천천히 몸을 일으켰다.

이마가 땀으로 흠뻑 젖어 있었다.

손을 들어 땀을 닦아내던 알렉스는 그제야 자신이 알몸으로 있다는 것을 깨달았다.

"여긴… 어디지?"

불빛 하나 없는 어둠 속이었다. 하지만 그동안 자신이 지내던 곳이 아니라는 것쯤은 금방 알 수 있었다.

알렉스는 그 자리에서 가만히 앉아 눈이 어둠에 익숙해지기를 기다렸다.

시간이 지나자 약간이나마 주위가 보였다.

가구 하나 없는, 낡은 창고 같은 삭막한 방 안이었다.

알렉스의 바로 옆에는 먼지가 쌓여 있는 옷가지가 아무렇게나 놓여 있었다.

알렉스는 조심스레 먼지를 털어내고는 주섬주섬 옷을 걸쳤다.

머리가 아팠다.

알렉스는 손을 들어 관자놀이를 지그시 눌렀다.

그러다 퍼뜩 깨달았다. 분명 총상을 입고 잘라낸 왼팔이 멀쩡했다.

그뿐만이 아니라 오른쪽 다리도 제대로 붙어 있었다.

대체 어찌된 영문인지 알 수 없는 일이었다.

알렉스는 그 자리에 앉은 채로 기억을 더듬었다. 짙은 안개가 앞을 가로막고 있는 느낌이었지만 서서히 기억이 맑아지기 시작했다.

그랬다.

무엇 때문인지 알 수는 없었지만 잘라낸 팔과 다리가 다시 생겨났다.

검게 변하긴 했지만 이전보다 훨씬 강하고 튼튼한 팔과 다리였다.

정상적인 신체를 되찾은 알렉스는 다시 복수를 생각했다.

밀수꾼에게 대량의 총기를 구입하고 바닷가에서 자신의 무모한 계획 때문에 죽어간 동생들을 위해 담배를 분향한 것까지는 선명하게 기억이 났다.

문제는 그 후였다.

아무것도 기억이 나지 않았다. 누군가를 만난 것 같기도, 그렇지 않은 것 같기도 했다.

아무리 기억해 내려고 해도 두꺼운 암막이 쳐진 듯 희미하기만 했다.

알렉스는 고개를 절레절레 흔들었다.

이상한 것은 자신의 기억과는 달리 재생된 팔과 다리가 멍이 든 것처럼 검지 않고 원래의 피부색으로 되돌아 왔다는 것이었다.

"모두 꿈이란 말인가?"

어디서부터 어디까지가 꿈인지, 현실인지 도무지 구분이 가지 않았다.

확실한 것은 하나 있었다. 그저 꿈이기를 바라지만, 동생들의 죽음은 꿈이 아닌 현실이었다.

죽어가는 리우의 몸을 끌어안은 감각이 여전히 몸에 남아 있었다.

알렉스는 길게 한숨을 내쉬며 다시 천천히 몸을 일으켰다.

자신이 왜 이런 곳에 있는지 도무지 이해할 수 없었지만 무작정 기억이 나기를 기다리고 있을 수는 없는 일이었다.

자신에게는 반드시 해야만 하는 일이 있었다.

그러지 못한다면 평생토록 동생들이 죽어가는 모습을 꿈속에서 지켜봐야만 할 것 같았다.

몸을 일으킨 알렉스는 문을 열고 천천히 밖으로 걸음을 옮겨가기 시작했다.

트렌치코트 사내는 길게 한숨을 내쉬며 문을 열었다.

오늘로 벌써 열흘째였다.

오늘도 깨어나지 않았다면 포기하고 평범한 인상의 사내와 함께 방해꾼을 찾아 떠날 셈이었다.

그런데.

"어엇!"

트렌치코트 사내의 입에서 절로 낮은 신음이 터져 나왔다.

분명 누워 있어야 할 알몸의 사내가 어디에도 보이지 않았다.

옆에 아무렇게나 던져 놓았던 옷가지도 사라진 것으로 보아 스스로 옷을 입고 밖으로 나간 것 같았다.

있을 수 없는 일이었다.

트렌치코트 사내는 자신의 기운을 방 안에 남겨 두었다.

할 얘기가 있으니 떠나지 말라는 의사표시였다.

알몸의 사내가 권속으로서 각성했다면 아무런 기운도 느끼지 못할 리가 없었다.

하지만 그냥 떠나버렸다는 것은 권속의 기운을 느끼지 못하는 인간의 이성이 깨어났다는 뜻이었다.

말도 안 되는 일이었다.

분명 자신의 기운을 사용해 인간으로서의 이성을 최대한 억눌러둔 트렌치코트 사내였다.

당연히 권속으로서 각성을 하는 것이 정상이었다.

그런데 어째서 인간으로 깨어난 것인가.

도무지 알 수 없는 일이었다.

인간의 이성이 눈을 뜬 것이라 기운의 자취를 쫓는 것도 힘들었다.

이전에는 권속의 기운이 재생된 왼팔과 오른쪽 다리에 응축되어 있어서 그리 어렵지 않게 찾아낼 수 있었다.

하지만 렌치코트 사내가 자신의 기운을 이용해 응축된 권속의 기운을 온몸으로 골고루 퍼뜨려 놓은 탓에 쉽사리 찾아낼 수 없게 되어버렸다.

결국 그동안 트렌치코트 사내가 한 일은 인간에게 초월적인 힘을 심어준 것이었다.

트렌치코트 사내는 저도 모르게 한숨을 내쉬었다.

지금까지 열흘이 넘도록 시간을 허비해 가면서 노력했던 일이 모두 수포로 돌아가 버렸으니 허탈감이 느껴지는 것은 당연했다.

"무슨 일이냐?"

어디를 다녀오는 것인지 피비린내를 풀풀 풍기면서 다가온 평범한 인상의 사내가 왜 그러느냐는 듯 불쑥 물었다.

트렌치코트 사내는 아무런 대답도 하지 못했다.

그저 무어라 말해야 할지 몰라 머뭇거리고 있을 뿐이었다.

트렌치코트 사내의 어깨 너머로 텅 빈 방 안을 확인한 평범한 인상의 사내가 다시 물었다.

"뭐야? 드디어 깨어난 거냐? 지금 어디 있지?"

"그, 그렇긴 한데……."

트렌치코트 사내는 제대로 대답하지 못하고 더듬거리며 말꼬리를 흐렸다.

이내 상황을 알아챈 평범한 인상의 사내는 왈칵 인상을 찌푸렸다.

"실패냐?"

트렌치코트 사내는 그저 가만히 고개를 끄덕였다.

평범한 인상의 사내는 어이가 없다는 듯 미간을 구긴 채로 말을 쏟아냈다.

"젠장! 그러니 내가 시간 낭비하지 말고 그냥 놔두고 가자고 하지 않았던가! 아무 의미 없이 열흘이나 날려 버린 걸 어떻게 책임질 셈이냐?"

"……"

트렌치코트 사내는 고개를 깊이 숙였다.

설마하니 이런 일이 생길 줄은 꿈에도 생각지 못했었다.

권속의 기운을 얻은 자가 각성을 하지 못하다니.

평범한 인상의 사내는 혀를 차며 휙 돌아섰다.

"그분의 선택을 받고도 각성하지 못한 덜떨어진 놈 따위는 잊어라. 그보다 더 이상 시간 낭비할 생각 말고 방해꾼을 처리하러 지금 당장 출발하자."

"알겠다."

트렌치코트 사내가 고개를 끄덕이자 평범한 인상의 사내는 그대로 돌아서서 바닥을 박차고 달려나갔다.

트렌치코트 사내는 묵묵히 그 뒤를 쫓았다.

두 사람, 아니, 권속은 시위를 떠난 활처럼 빠른 속도로 순식간에 수백 미터나 뻗어 나갔다.

앞장서서 걸음을 옮기던 평범한 인상의 사내가 불쑥 물었다.

"방해꾼의 활동 범위는 어디냐?"

트렌치코트 사내는 더욱 속도를 높여 평범한 인상의 사내를 추월하며 조용히 입을 열었다.

"서울……."

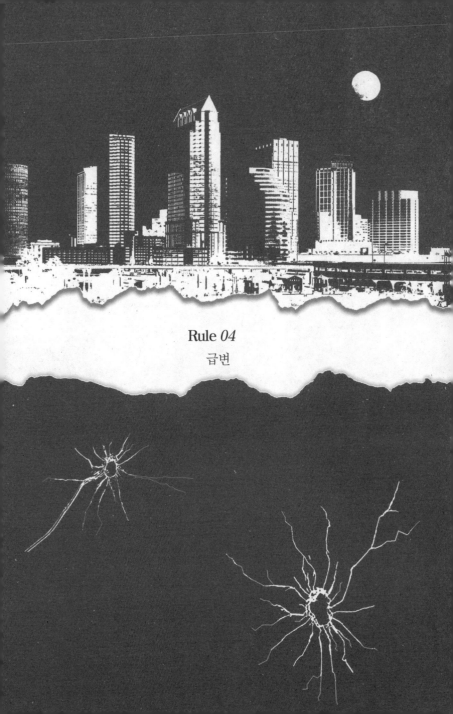

Rule *04*

급변

"아이구. 진짜로 오랜만이유, 한 검사님?"

두더지는 능글맞은 미소를 지으며 한윤철에게 다가왔다.

한윤철은 내키지 않는 얼굴이었다.

될 수 있으면 불법적인 수단은 쓰고 싶지 않았다. 하지만 누구에게도 들키지 않게 검찰총장을 내사하려면 기록이 남는 공적인 수단을 사용해서는 안 된다.

어쩔 수 없는 일이다. 한윤철은 씁쓸한 미소를 지으며 입을 열었다.

"그래. 오랜만이다, 두더지."

"요즘 참 잘나가시는 것 같습디다? 큰 사건 하나 해결해서 방송에도 막 나오시드만. 출세 길은 떼놓은 당상이겠수?"

두더지의 말에 한윤철은 저도 모르게 인상을 찌푸렸다.

세상에는 한윤철이 사건을 깨끗이 해결했다고 알려져 있지만, 사실 제대로 해결한 것은 하나도 없지 않던가.

"출세는 무슨……."

"에이. 겸손도 지나치면 욕심이랍디다. 여하튼 출세하게 되면 내가 조금이나마 도움이 됐다는 건 잊으시면 안 되우."

"오냐. 절대로 잊지 않으마."

능글맞은 두더지의 모습에 한윤철은 저도 모르게 피식 미소를 지으며 고개를 끄덕였다.

두더지는 누런 이를 드러내며 히죽 미소를 지으며 말했다.

"근데 오늘은 또 무슨 일로 부르신 거유?"

두더지의 질문에 한윤철의 얼굴에서 웃음기가 싹 가셨다.

잠시 머뭇거리던 한윤철은 최대한 목소리를 낮췄다.

"사람 좀 소개해 줘야겠다."

"잉? 정보가 아니라 사람을 소개시켜 달라굽쇼?"

한윤철은 고개를 끄덕이며 말을 이었다.

"그래. 두더지, 네 인맥 좀 빌려야겠다."

"인맥을 빌리시겠다……. 안 될 건 없지만 그러면 지금까지보다 비용이 훨씬 많이 드실 거유. 안 그래도 정보 사느라

월급 거덜 나신 거 아니셨수?'

그 말대로였다.

그동안 두더지에게서 사건 수사에 필요한 정보를 사느라 꽤 많은 돈을 써야 했던 한윤철이었다.

물론 비싼 만큼 톡톡히 도움이 되기는 했지만.

"네가 언제부터 내 월급봉투 걱정을 해줬냐? 그건 신경 쓰지 말고 사람이나 좀 소개시켜 줘라."

"하긴 저야 돈만 받으면 장땡이니. 그래, 대체 어떤 사람이 필요하신 거유?'

"금융관련 해커. 절대 흔적을 남기지 않고 금융거래 내역을 빼올 수 있을 만큼 실력 있는 해커가 필요하다."

두더지는 잠깐 생각하는 듯하더니 씨익 미소를 지으며 말했다.

"그거라면 딱 들어맞는 녀석이 하나 있수다. 근데 은행이라도 터실 생각이슈? 뜬금없이 해커라니?'

"그것까지 네가 알 필요는 없을 텐데?'

한윤철의 예민한 반응에 두더지는 두 손을 휘휘 내저으며 다급히 항변했다.

"내가 궁금해서 그러는 게 아니유. '쓸데없는 호기심은 명을 재촉할 뿐' 이라는 뒷세계 정보꾼의 명언을 철두철미하게 지키는 사람이 바로 나요."

"그런데?"

"소개시켜 줄 해커 놈이 워낙에 성격이 까칠해서리……. 지가 흥미를 못 느끼는 일이면 돈다발을 갖다 바쳐도 눈 하나 깜짝하지 않는 놈이라우. 워낙 낯을 많이 가리는 놈이라 나 말고는 만나는 사람도 없수. 그러니 나한테 용건을 말해주시면 전해 주겠수. 일을 할지 안 할지는 확실하지 않지만."

두더지가 저렇게까지 말하는 걸로 보아 실력은 있지만 꽤나 까다로운 성격의 해커인 것 같았다.

한윤철은 고민에 빠졌다.

자신이 검찰총장을 내사하고 있다는 것은 절대로 알려져서는 안 되는 일이었다.

두더지는 다름 아닌 뒷세계 정보꾼.

세상의 모든 비밀은 두더지에게 그저 돈벌이에 불과할 뿐이었다.

아무리 오랫동안 두더지와 거래를 해왔다지만 그것은 금전적인 관계일 뿐, 인간적인 신뢰를 쌓아온 것은 아니었다.

섣불리 사실을 말해줬다간 나중에 화가 되어 돌아올 확률이 높았다.

이내 결정을 내린 한윤철은 가만히 고개를 내저었다.

"내가 직접 만나서 용건을 얘기하는 게 좋을 것 같다. 넌 그냥 그 해커를 소개시켜 주기만 하면 돼. 나머지는 내가 알아서 하마."

한윤철이 확실히 못을 박자 두더지는 서운하다는 듯 말했다.

"에이. 설마 제가 검사님에 대한 정보를 팔 거라고 생각해서 그러시는 건 아니죠? 아무리 제가 돈에 환장한 놈이라지만 설마하니 단골손님을 팔겠습니까? 안 그래요?"

"응. 두더지 너라면 충분히 그럴 것 같은데?"

한윤철의 말에 두더지는 씨익 미소를 지으며 고개를 끄덕였다.

"하긴. 나도 날 못 믿겠는데 검사님이 믿을 리가 없죠. 안 그렇수? 뭐, 그러면 검사님 말씀대로 해보겠수. 그래도 그놈이 일을 맡을 거라는 장담은 못합니다. 아니, 애초에 만나 줄지도 의문이긴 합니다만. 여하튼 성공하든 실패하든 소개료는 두둑하게 준비해 두셔야 할 거유."

두더지는 엄지와 검지 끝을 붙여 원을 만들어 보였다.

두더지의 넉살맞은 성격은 죽었다 깨어나도 변하지 않을 거라는 생각을 하며 한윤철은 고개를 끄덕였다.

"오냐. 정확한 액수는 준비가 끝나면 전화하든가 아니면 문자로 보내라. 현금이 좋겠지?"

"거야 당연한 거 아니겠수?"

"그럼 연락 기다리마."

한윤철은 피식 미소를 지으며 천천히 걸음을 옮기기 시작
했다.

한윤철의 모습이 시야에서 완전히 사라진 후에야 두더지
도 건들거리는 걸음으로 어딘가로 사라졌다.

＊　　　＊　　　＊

정찬혁은 매일같이 신문을 뒤적였다.

전국적으로 수많은 엽기적인 사건이 끊이지 않고 벌어졌
다.

정찬혁이 주목한 것은 권속들이 개입한 사건이 벌어진 세
종시의 사건 기사였다.

지난 보름 동안 세종시에서 벌어진 강력범죄—즉, 살인사
건—은 모두 일곱 건.

그중에서 권속들이 개입한 것으로 보이는 사건은 모두 네
건이었다.

첫 사건이 벌어진 후 넉넉잡아 일주일 안에 권속들이 서울
에 도착할 거라 생각했었지만, 그 후로 열흘이 넘도록 그들은
세종시에서 머무르고 있었다.

어차피 쓰러뜨려야 한다면 권속들이 찾아오는 것을 기다
리지 말고 먼저 선제공격을 하는 게 낫지 않느냐고 신유진에

게 제안한 적이 있었다.

하지만 신유진은 단칼에 반대했다.

앞으로 상황이 어찌 변할지 알 수 없는 이상, 근거지인 서울에서 권속들을 상대하는 것이 나을 거라는 이유에서였다.

세종시에서 마지막으로 벌어진 사건은 사흘 전이었다.

사나흘에 한 번 꼴로 사건이 터졌으니, 권속들이 계속 세종시에 머무르고 있다면 내일쯤에 또 다른 사건이 터질 것이다.

아무 일도 없다면 권속들이 세종시를 떠나 다른 곳으로 향했다는 뜻이다.

어느 쪽이 됐든 우선은 기다리는 것이 정찬혁이 지금 할 수 있는 일이었다.

정찬혁은 남아 있는 신문의 마지막 페이지를 덮으며 나직이 한숨을 내쉬었다.

힐끗 시계를 쳐다보았다.

오후 4시.

해가 지기까지는 아직 세 시간 정도가 남아 있는 애매한 시간이었다.

정찬혁은 신문을 한쪽 구석에 휙 던지고는 침대에 벌렁 드러누웠다.

두 번째 죽음에서 다시 돌아온 이후, 정찬혁은 의식적으로 첸에 대한 것을 생각하지 않으려 했다.

하지만 아무것도 하지 않는 시간이 되면 생각하지 않으려고 해도 절로 떠올랐다.

쳰은 앞으로 다시는 만날 수 없을 거라고, 구룡회와 얽히는 일도 없을 거라고 했다.

실제로 그렇게 큰일이 있었는데도 구룡회에서는 별다른 움직임을 보이지 않았다.

쳰의 말대로 구룡회와 자신을 잇는 선은 모두 끊긴 것이나 마찬가지였다.

그것을 알게 된 후, 정찬혁은 악마의 기운을 회수하는 데 집중했다.

쳰에 대한 복수를 포기한 것은 아니었다. 무엇이 먼저인지 선택한 것뿐이었다.

그것은 새로운 생명에 대한 갈망이었다.

처음에는 대수롭지 않게 생각했던 새 생명이었다. 하지만 지금은 달랐다.

진정한 복수를 위해서는 무슨 일이 있어도 새로운 생명을 얻어야만 했다.

지금의 좀비 같은 몸으로는 쳰을 죽인다고 해도 아무런 의미 없는 일이었다.

인간의 복수가 아닌 괴물의 일방적인 살육일 뿐이었다.

괴물이 아닌 인간으로서 쳰을 죽이는 것이 진정한 복수였다.

그것을 위해 정찬혁은 다른 것은 애써 생각하지 않고 오직 악마의 기운을 회수하는 데 집중했다.

하지만 불안했다.

그동안 수많은 악마의 기운을 이블 불릿에 봉인하고 회수해 왔지만 자신의 몸은 별다른 변화가 없었다.

여전히 아무런 감각도, 생명의 기운도 느껴지지 않는 죽은 몸일 뿐이었다.

신유진은 시간이 지나고 악마의 기운을 더 많이 회수하면 나아질 거라고 했다.

아무런 근거 없는 막연하고 희망적인 관측일 뿐이었다.

하지만 정찬혁은 그것에 기대는 수밖에 없었다.

어쩌면 새로운 생명은커녕 이대로 영원히 죽은 몸을 이끌고 살아가야 할지도 몰랐다.

결과가 어떻게 되든 정찬혁은 악마의 기운을 회수하는 일을 계속해 나가야만 했다.

그것만이 지금의 자신이 할 수 있는 전부였으니.

"후우……."

정찬혁은 깊은 한숨을 내쉬며 스륵 눈을 감았다.

순간 날카로운 대바늘로 심장을 찔린 듯, 서늘한 통증이 느껴졌다.

정찬혁은 몸을 눈을 감은 채 몸을 잔뜩 웅크렸다.

고통의 시간이 시작되었다.

*   *   *

한윤철은 시동을 끄지 않고 주차장에 차를 세워둔 채 가만히 전방을 주시했다.

10여 미터 떨어진 맞은편에 검찰총장의 고급 세단이 세워져 있었다.

한윤철은 나직이 한숨을 내쉬며 시간을 확인했다.

오후 6시.

모든 공무원의 정규 퇴근시간이었다.

물론 수많은 사건으로 눈코 뜰 새 없이 바쁜 대검찰청에서 시간 맞춰 칼퇴근을 할 수 있는 사람은 그리 많지 않았다.

물론 검찰의 최고위 직인 검찰총장이 야근을 한다는 것은 말도 안 되는 소리였다.

5분쯤 지나자 주차장이 소란스러워졌다.

검찰청 고위 간부들이 하나, 둘 퇴근을 시작한 것이다.

조금 더 기다리자 검찰총장이 간부 몇 명과 주차장으로 들어서는 것이 보였다.

간부들과 인사를 나눈 검찰총장은 곧장 자신의 고급 세단에 올라탔다.

이내 시동이 걸리고 검찰총장의 세단이 주차장을 부드럽게 빠져나가기 시작했다.

한윤철은 엑셀을 밟고 그 뒤를 조용히 따르기 시작했다.

퇴근시간대라 도로는 수많은 차량으로 꽉 막혀 있었다.

한윤철은 혹시나 검찰총장이 눈치채지는 않을까 싶어 차량 서너 대를 사이에 두었다.

지난 며칠 간 검찰총장은 다른 곳에 들르지 않고 곧장 집으로 퇴근했다.

대충 진로를 보아하니 오늘도 곧바로 집으로 돌아가는 것 같았다.

"오늘도 그냥 퇴근하시는구만."

도로를 빠져나와 고급 주택가의 골목으로 사라지는 고급 세단을 바라보며 한윤철은 나직이 한숨을 내쉬었다.

핸들을 꺾어 유턴한 한윤철은 곧장 대검찰청으로 차를 몰아갔다.

근처 사거리에서 좌회전 신호를 기다리고 있던 한윤철의 귓가에 낮은 진동음이 들려왔다.

우우웅―

손을 뻗어 조수석에 있는 휴대폰을 집어든 한윤철은 전용 이어폰을 귀에 꽂고 통화 버튼을 눌렀다.

"여보세요?"

─나요, 두더지. 어제 문자 보냈는데 보셨수?

전화를 받자마자 돈 얘기부터 꺼내는 게 두더지다웠다.

한윤철은 피식 미소를 지으며 대답했다.

"그래. 준비해 뒀다."

─그럼. 한 시간 후에 거기서 봅시다. 어떻게 잘 얘기 해뒀
으니 일단 만나주기는 할 거유. 일을 하려고 들지는 모르겠지
만.

"알겠다. 자세한 건 만나서 얘기하자."

그대로 전화를 끊은 한윤철은 막 주황색 신호로 바뀌는 신
호등을 무시하고 엑셀을 밟고 곧장 직진했다.

끼이익─

갑작스레 불쑥 튀어나온 한윤철의 승용차에 놀란 맞은편
차선에서 좌회전을 하던 차량이 급히 브레이크를 밟았다.

좌회전 차량은 한윤철의 차와 부딪칠 듯 말 듯 아슬아슬한
위치에서 멈춰 섰다.

차주가 버럭 소리치며 차에서 내리는 것이 사이드 미러를
통해 보였다.

하지만 한윤철은 브레이크를 밟지 않고 오히려 엑셀을 더
욱 세게 밟았다.

부우우웅─

"어우. 내가 그 자식 설득하려고 개 고생한 것만 생각하면 더 많이 받아야 되지만, 한 검사님이시니 이 정도만 받는 거요."

두더지는 오만 원권 한 뭉치를 품속에 고이 갈무리하며 히죽 미소를 지었다.

한윤철은 알겠다는 듯 성의 없이 고개를 까딱거리며 재촉했다.

"쉰 소리는 그만하고 빨리 안내나 해라. 시간 낭비하지 말고."

"쳇! 알겠수다. 그럼 잘 따라오슈."

두더지는 투덜거리며 골목을 빠져나와 근처에 세워둔 오토바이에 올라탔다.

한윤철이 길가에 세워둔 차에 타고 시동을 걸자 두더지의 오토바이는 벌써 저만치 앞으로 달려나가고 있었다.

"망할 놈. 좀 천천히 가라, 천천히."

살짝 인상을 찌푸리며 한윤철은 급히 엑셀을 밟았다.

부다다당—

머플러를 불법 개조라도 한 것인지 두더지의 오토바이는 굉음에 가까운 엔진 소리를 토해내며 정체된 구간을 요리조리 빠져나갔다.

그 때문에 몇 번이나 놓칠 뻔했지만 한윤철은 어찌어찌 잘 따라가고 있었다.

두더지의 오토바이는 외곽순환도로에 진입했다.

"뭐야? 오토바이로 외곽순환도로를 진입해?"

어처구니가 없었다.

본래 외곽순환도로는 자동차 전용도로라 원동기 진입이 금지되어 있었다.

하지만 두더지는 아무렇지도 않게 진입했다. 혹시라도 단속에 걸리면 난감한 일이었다.

한윤철은 거푸 한숨을 내쉬며 두더지를 쫓았다.

두더지는 강변북로를 지나 자유로를 타고 방화대교를 건너자마자 외곽순환도로를 빠져나왔다.

순찰을 도는 경찰이 없어서 다행이라는 생각을 하며 한윤철은 안도의 한숨을 내쉬었다.

두더지의 오토바이는 김포공항 인근의 주택가에서 멈춰섰다.

한윤철은 차에서 내리자마자 두더지에게 다가가 멱살을 움켜쥐었다.

"야, 인마. 제정신이야? 오토바이로 외곽순환도로에 진입하면 어쩌자는 거야? 단속에 걸리면 어쩌려고?"

"에이. 지금까지 한 번도 걸린 적 없수. 혹시나 걸려도 따

돌리면 그만이지."

별로 대수롭지 않다는 듯 손을 휘휘 내젓는 두더지의 말에 한윤철은 황당한 얼굴로 멱살을 쥔 손을 놓았다.

애초에 상식이 통할 상대가 아니었다. 절로 한숨이 흘러나왔다.

"후우— 그건 됐다 치고, 여기냐?"

한윤철은 눈앞의 허름한 원룸을 쳐다보며 물었다.

두더지는 히죽 미소를 지으며 고개를 끄덕였다.

"맞수. 여기 임대료가 싸다고 3층 전체를 싹 빌려서 쓰고 있는 괴짜 녀석이우. 미리 연락해 뒀으니까 올라가 보슈."

"두더지 넌?"

"내가 있어도 되는 자리였수? 지난번에는 무슨 일인지 절대 알려줄 수 없다고 그러시더니만."

"아, 그랬었지. 그럼 조심해서 가봐라. 또 괜히 외곽순환도로 타지 말고."

두더지는 아무런 대답 없이 씨익 미소를 짓더니 오토바이에 올라탔다.

부다다당—

굉음을 뿜어내며 멀어지는 두더지의 뒷모습을 가만히 지켜보던 한윤철은 나직이 한숨을 내쉬며 천천히 돌아섰다.

"3층 전체를 빌려 쓰고 있다고 했지?"

조용히 중얼거리며 한윤철은 천천히 눈앞의 원룸을 향해 다가갔다.

원룸은 겉보기보다 훨씬 낡은 건물이었다.

여기저기 칠이 벗겨지고 벽이 부식되어 내장재가 훤히 드러난 곳도 여러 곳이었다.

발로 힘껏 차면 벽에 구멍이 뚫릴 것만 같았다. 한윤철는 조심스레 계단을 올랐다.

거의 폐건물에 가까워 보이는 원룸이라 그런지 1층에도, 2층에도 사람이 살고 있는 것 같지 않았다.

하지만 3층은 아래층과는 달랐다.

복도에는 수많은 컴퓨터 부품들이 아무렇게나 굴러다니고 있었고, 각 호실의 문은 활짝 열려 있었다.

부웅, 하는 쿨링팬이 돌아가는 소음과 컴퓨터의 열기가 가득했다.

복도에 선 채로 한윤철은 가만히 주위를 살폈다.

중앙의 복도를 중심으로 좌우에 각각 세 개 씩, 모두 여섯 개의 원룸이 있었다.

그중 하나에서 짜증이 섞인 사내의 낮은 외침이 들려왔다.

"아오 쌍! 또 에러냐? 하여간 이놈의 상용프로그램은 대체 디버깅을 어떻게 한 거야? 이런 걸 비싼 돈 주고 팔아먹다니. 양심도 없구만!"

좌측 복도 끄트머리에 있는 306호에서 들려온 목소리였다.

한윤철은 복도 가득한 부품들을 건드리지 않도록 조심하며 306호로 다가갔다.

열린 문을 지날 때마다 후끈한 바람이 뿜어져 나왔다.

힐끔 방 안을 보자 수십 대의 컴퓨터가 비프음을 토해내며 작동하고 있는 것이 보였다.

모니터는 의미를 알 수 없는 기괴한 문자열을 끊임없이 출력하고 있었다.

이내 306호에 닿은 한윤철은 활짝 열려 있는 문 안쪽을 슬쩍 쳐다보았다.

수십 대의 컴퓨터가 쌓여 있는 다른 호실과는 달리 306호실에는 꽤나 고급스러워 보이는 데스크탑 한 대와 세 대의 모니터만이 놓여 있었다.

그리고 한 사내가 부스스한 머리를 벅벅 긁으며 구부정한 등을 한 채로 키보드를 마구 두드리고 있는 것이 보였다.

한윤철은 낮게 헛기침을 하며 입을 열었다.

"커험험. 마태진 씨 되십니까?"

한윤철의 음성을 듣지 못한 듯 사내는 여전히 부서져라 키보드를 두드려 댔다.

한윤철은 좀 더 큰 소리로 사내를 불렀다.

"마태진 씨?"

순간 키보드를 두드리던 사내의 손이 멈칫했다. 사내가 천천히 고개를 돌렸다.

두꺼운 뿔테 안경을 낀 사내의 시선이 한윤철에게로 향했다.

"누구요?"

"두더지. 어, 그러니까 오성식이 소개로 찾아왔습니다만……."

잠시 골똘히 생각하던 사내, 마태진은 자신의 이마를 탁 치며 고개를 끄덕였다.

"아아. 그저께 성식이가 말하던 그 검사님?"

"예, 한윤철 검삽니다."

한윤철은 방 안으로 들어서며 품속에서 명함 한 장을 꺼내 마태진에게 건넸다.

마태진은 명함을 받자마자 별 관심 없다는 듯 등 뒤로 휙 던져 버리고는 천천히 몸을 일으켰다.

"저쪽에 앉으세요, 한윤철 검사님."

"아, 예."

마태진은 한쪽 구석에 놓여 있는 소파를 가리켰다.

한윤철이 자리에 앉자 마태진은 방바닥에 굴러다니는 물병 하나를 집어 들고는 그 맞은편에 앉았다.

"굴러다니는 거 아무거나 집어서 드세요."

히죽 미소를 지으며 마태진이 말했다.

한윤철은 엉거주춤한 자세로 자신의 발치에 있는 캔 음료 하나를 집어 들었다.

괴짜다.

딱 그런 느낌이 들었다.

두더지에게 성격이 독특하다는 얘기를 듣기는 했지만 이 정도로 괴짜일 줄은 생각지도 못했다.

어째 잘못 찾아온 것 같은 기분이 들었다.

하지만 해킹 실력 하나 만큼은 최고라고 두더지가 극찬을 했었다.

이제 와서 다른 사람을 찾을 수도 없으니 그 말을 믿고 얘기를 해보는 수밖에 없었다.

"구체적인 얘기는 아직 못 들으셨을 겁니다. 실은 은밀히 마태진 씨의 해킹 실력이 필요한 일이 있습니다."

"할게요."

한윤철이 제대로 설명하기도 전에 마태진은 그러마 하고 고개를 끄덕였다.

전혀 예상치 못한 반응에 한윤철은 순간 얼빠진 얼굴로 마태진을 쳐다보았다.

"아, 아니 그게. 무슨 일인지 제대로 듣고 결정하시는 게……."

당황해서인지 혀가 꼬여 말이 제대로 나오지 않았다. 마태진은 히죽 미소를 지으며 말했다.

"됐어요. 그냥 할게요. 현직 대검찰청 검사님께서 이렇게 찾아와 부탁하는 일이잖아요. 재미있을 것 같은 걸요? 왠지 스릴도 있고. 무슨 일인지 모르지만 무조건 할게요."

괴짜다. 첫 인상은 상대도 안 될 정도의 기괴한 성격의 괴짜였다.

낯을 많이 가리고 까칠한 성격이라고 하던 두더지의 말 때문에 어떻게 설득해야 할지 이곳에 오는 동안, 계속 고민하던 것이 허탈할 지경이었다.

절로 헛웃음이 터져 나왔다. 한윤철은 피식 실없는 웃음을 터트렸다.

"하, 하하! 좋습니다. 어떻게 설득해야 할지 고민이었는데 한시름 덜었군요."

긴장이 풀려서 인지 목이 말랐다.

한윤철은 들고 있던 캔 음료의 뚜껑을 따서 단숨에 끝까지 들이켰다.

마태진도 물을 한 모금 마신 후에 입을 열었다.

"근데 무슨 일이죠?"

마태진의 질문에 한윤철은 언제 그랬냐는 듯 웃음기를 싹 지우고 조용히 말했다.

"지금부터 제가 하는 얘기는 절대 다른 사람에게 알려져서는 안 됩니다. 비밀을 지켜주실 수 있겠죠, 마태진 씨?"

진지한 얼굴의 한윤철과는 달리 마태진은 씨익 입꼬리를 말아 올리며 고개를 끄덕였다.

"네. 어차피 만나는 사람도 거의 없어서 그럴 걱정은 하실 필요 없어요. 근데 비밀 유지까지 해야 하다니, 점점 두근두근 하는데요?"

"절대 비밀 유지입니다. 아시겠죠?"

듣던 것과는 달리 마태진의 너무도 가벼운 태도에 한윤철은 다시 한 번 강조했다.

그제야 마태진은 미소를 지우고 짐짓 심각한 얼굴로 코끝에 대충 걸쳐져 있는 안경을 고쳐 썼다.

"약속할게요. 절대 아무에게도 말하지 않을게요."

한윤철은 가만히 마태진을 바라보았다.

아직까지 장난기가 조금 남아 있기는 했지만 눈빛 하나는 진지했다. 믿을 수 있을 것 같았다.

한윤철은 품속에서 수첩을 꺼내 미리 조사해 둔 검찰총장의 개인정보를 기록한 페이지를 찢어 탁자에 내려놓았다.

"이 사람의 모든 금융정보 내역을 해킹해 주십시오."

마태진은 조금 실망한 표정으로 중얼거렸다.

"겨우 그거예요? 그런 거라면 검찰 사이버 팀에서도 충분히 할 수 있지 않나요? 금융기관에 수사자료 요청하면 쉽게 알아볼 수 있을 텐데요?"

"조회 기록이 남아서는 안 되는 일입니다. 자칫하다간 몇 사람의 인생이 송두리째 날아가 버릴지도 모르거든요."

"대체 누군데 그래요?"

마태진은 탁자에 놓인 종잇조각을 집어 들었다.

잠시 고민하던 한윤철은 이내 짧은 대답을 뱉어냈다.

"검찰총장입니다."

"네에?"

예상치 못한 대답에 마태진의 눈이 휘둥그레졌다.

침묵의 시간이 흘렀다.

한윤철의 진지한 태도에 생각보다 쉽지 않은 일일 거라 예상은 했지만 설마하니 해킹 대상이 검찰총장일 줄은 꿈에도 몰랐다.

마태진이 화들짝 놀라 한동안 할 말을 잃은 것은 당연한 일이었다.

"힘들겠습니까?"

한윤철은 조심스레 마태진의 눈치를 살폈다.

이내 마태진은 놀란 기색을 지우며 고개를 끄덕였다.

"아뇨. 그냥 금융거래 내역만 해킹하는 거라면 그리 어려운 일은 아녜요. 근데 왜 검찰총장의 금융정보를… 아, 아니다. 그냥 전 해킹이나 할게요."

이유를 물으려던 마태진은 이내 고개를 내저었다.

자신이 알아봐야 괜한 부담감만 생길 게 뻔한 일이었다.

한윤철은 나직이 안도의 한숨을 내쉬며 입을 열었다.

"좀 더 자세히 말씀드리겠습니다. 검찰총장 개인의 금융정보 내역만 필요한 게 아니라 좀 더 광범위한 금융 거래 정보가 필요합니다. 검찰총장의 가족과 4촌 이내의 친인척의 금융정보, 거기에 각 계좌에 단 한 번이라도 입출금 내역이 남아 있는 타인의 계좌까지. 그 모든 정보가 상세하게 필요합니다. 물론 해킹 당했다는 것은 누구도 알지 못하게 은밀하게 진행하셔야 합니다. 혹시라도 사이버보안 팀의 추적을 받게 되면 당장 그만두셔야 하고요. 하실 수 있겠습니까?"

"어쩐지 너무 쉬운 일이다 싶더니만 조건이 꽤나 까다로운데요? 흐음… 가능하려나?"

"힘드시다면 다른 해커를 찾아 보겠……."

마태진이 확답을 하지 않자 한윤철은 나직이 한숨을 내쉬며 몸을 일으키려 했다.

마태진이 움찔하며 다급히 소리쳤다.

"하, 할 수 있어요. 시간이 조금 많이 걸리긴 하겠지만 충분히 가능한 일이에요!"

한윤철은 소파에서 엉덩이를 떼고 막 일어서려던 어정쩡한 자세로 멈칫했다.

이내 다시 자리에 앉으며 말했다.

"그럼 부탁드리겠습니다. 해킹에 필요하신 개인정보는 내 일까지 정리해서 알려 드리겠습니다."

"그럴 필요 없어요. 개인정보 정도야 쉽게 알아낼 수 있으니까요. 간만에 실력발휘 좀 해봐야겠는걸요?"

마태진은 깍지를 끼고 기지개를 켜며 손가락과 손목, 어깨 관절을 이리저리 풀었다.

가만히 그 모습을 바라보던 한윤철은 품속에서 미리 준비한 종이봉투를 꺼내 탁자에 내려놓았다.

"착수금입니다. 이쪽 계통의 의뢰비가 얼만지 저도 잘 몰라 대충 넣었습니다. 더 필요하시다면 언제든지 말씀하십시오."

마태진은 돈 봉투에 손을 얹고는 한윤철에게 밀어냈다.

"이런 건 필요 없어요. 까다로운 조건의 해킹을 할 수 있다는 것만으로도 대가는 충분해요. 물론 최고의 희열은 완벽한 해킹을 성공할 때나 찾아오겠지만요. 해킹의 난이도로 봐서는 일주일이면 여유 있게 해결할 수 있을 거예요."

정말로 괴짜는 괴짜였다.

자칫하다간 인생을 송두리째 말아먹을 수 있는 범죄 행위를 돕겠다고 하면서도 금전적인 대가는 전혀 필요 없다고 하다니.

배금주의자인 두더지와는 가치관 자체가 완전히 다른 마태진이었다.

자신의 앞으로 돌아온 돈 봉투를 물끄러미 바라보던 한윤철은 이내 손을 뻗었다.

"정 그러시다면 어쩔 수 없군요. 그래도 그냥 부탁만 드릴 수는 없는 일이니 나중에라도 제 도움이 필요하면 꼭 연락 주십시오."

"네, 그럴게요."

마태진은 건성으로 대답하며 벌떡 일어나 컴퓨터 앞에 앉았다.

이내 마태진은 처음 봤을 때와 마찬가지로 구부정한 등을 한 채 거의 부실 듯한 기세로 키보드를 두드리기 시작했다.

"그럼 전 가보겠습니다. 일주일 후에 다시 찾아뵙지요."

몸을 일으킨 한윤철은 작별의 말을 건넸다.

하지만 이미 해킹에 집중하고 있는 마태진에게서는 아무런 대꾸도 들려오지 않았다.

한윤철은 마태진을 방해하지 않으려고 최대한 조심스레 발소리를 죽여 가며 원룸을 나섰다.

한윤철이 부품 더미로 가득한 복도를 지나 막 계단을 내려

가려 할 때였다.

"저기. 괜찮으시다면 다음에 오실 때는 3테라짜리 하드디스크랑 기계식 키보드 하나만 구해다 주시겠어요?"

바퀴가 달린 컴퓨터 의자를 뒤로 쭉 밀어 문밖으로 나온 마태진이 고개를 삐죽 내민 채로 말했다.

한윤철은 피식 미소를 지으며 대답했다.

"얼마든지 구해 드리겠습니다. 그럼 이만."

원룸 계단을 내려가는 한윤철의 귓가에 드드륵, 하며 의자 바퀴가 굴러가는 소리가 희미하게 들려왔다.

생각했던 것보다 훨씬 일이 쉽게 풀린 것 같아 한윤철은 나직이 안도의 한숨을 내쉬었다.

근처에 세워둔 자신의 차로 돌아온 한윤철은 조금은 가벼워진 기분으로 대검찰청을 향해 차를 몰아갔다.

검찰총장의 뒷조사 말고도 해야 할 일은 산더미처럼 쌓여 있었다.

우우웅—

올림픽대로를 타고 한참을 내달리고 있을 때였다.

갑자기 휴대폰이 진동했다.

액정에 뜬 발신인은 부장검사 박상규였다.

이어폰을 귀에 꽂고 통화버튼을 누르자 박상규의 다급한 음성이 귓가로 흘러들었다.

―윤철아! 너 지금 어디냐?

"지금 대검으로 가고 있는 중입니다. 한 시간 안에 도착할 것 같습니다. 무슨 일 터졌습니까? 어째 목소리가 심상치 않은 것 같은데."

한윤철의 질문에 박상규의 대답이 빠른 속도로 쏟아졌다.

―재단법인 진용의 대표이사가 별다른 예고 없이 갑자기 교체된 모양이야. 그거 때문에 형사부랑 강력부는 완전 날벼락 떨어졌다. 퇴근했던 놈들도 다 긴급 소집됐다.

"예? 재단법인 진용의 대표이사가요? 갑자기 그게 무슨……?"

전혀 생각지도 못한 소식에 한윤철은 화들짝 놀라며 질문을 던졌다.

재단법인 진용의 대표이사라면 구룡회의 최고 장로 중 하나인 첸 카이후가 아니던가.

구룡회의 한국진출을 위해 재단법인 진용을 세우고 채 1년도 되지 않아 완벽하게 자리를 잡게 만든 자가 바로 첸 카이후였다.

―나도 자세한 건 몰라. 얼핏 듣기로는 일방적으로 직위해제 당했다고 하더라만……. 정식 은퇴가 아닌 걸 보면 아무래도 구룡회 내부적으로 무슨 일이 생긴 모양이야. 어쩌면 권력 싸움에 희생된 건지도 모르지. 여하튼 조직범죄과 애들이 바

짝 신경을 곤두세우고 있는 걸 보면 거의 확실한 것 같다.

박상규의 추측에 불과한 것이었지만 꽤 신빙성이 있는 이야기였다.

오랜 세월 구룡회의 한 축을 지탱해 온 첸을 한순간에 몰아냈다는 것이었으니.

"알겠습니다. 자세한 건 돌아가서 듣도록 하죠. 보고 드릴 것도 있으니 금방 가겠습니다."

─오냐. 기다리고 있으마.

통화를 마친 한윤철은 이어폰을 아무렇게나 휙 내던지고는 굳은 얼굴로 생각에 잠겼다.

전혀 예상치 못했던 구룡회 내부의 변화.

상황을 잘만 이용한다면 구룡회를 철저히 까뒤집어 놓을 수 있을지도 모른다는 생각이 문득 들었다.

그러려면 우선…….

"첸을 찾아 보호해야겠군."

축출된 폭력조직 간부의 미래가 어찌 될지는 충분히 짐작하고도 남았다.

어느 나라든 폭력조직의 사고방식은 정도의 차이가 있을 뿐 비슷했다.

내부 권력 싸움에서 패한 자는, 후환을 두려워하는 남은 자들에 의해 제거될 운명이었다.

아무리 첸이라고 해도 결과는 그리 다르지 않을 것이다.

구룡회에서 이미 첸을 죽이고 난 후에, 대표이사 교체를 발표했을 수도 있는 일이었지만 속단하기는 일렀다.

만약 첸이 살아 있다면 구룡회를 무너뜨릴 수 있는 단초가 될 것은 틀림없었다.

게다가 지금 은밀히 조사 중인 검찰총장과 구룡회 간의 커넥션도 첸의 증언이 있다면 쉽사리 증명해 낼 수 있었다.

여러모로 첸이 살아 있는 편이 한윤철에게는 득이 되는 일이었다.

안 그래도 힘든 일투성이였는데 어쩐지 난감한 일이 하나 더 생긴 것 같은 기분에 한윤철은 저도 모르게 피식 미소를 지었다.

"젠장! 고생문이 활짝 열렸구만."

*   *   *

탕! 타탕—!

총성이 밤하늘을 뒤흔들었다.

높이 쌓여 있는 나무 상자에 몸을 숨긴 채 린은 날카로운 눈빛으로 어둠 속을 살폈다.

다행히 추적자들을 어느 정도 떨쳐낸 것 같았다. 하지만 린은 경계를 늦추지 않고 조심스레 첸에게 다가갔다.

"완전하지는 않지만 추적자들을 어느 정도 따돌린 것 같습니다. 하지만 시간여유가 그리 많지 않습니다. 서두르시죠, 첸 대인."

"늙고 못난 나 때문에 너희가 고생이로구나."

"아닙니다, 대인. 일이 이렇게까지 치달을 줄 미처 눈치채지 못한 제 탓이 큽니다."

구룡회의 장로 직을 박탈당한 첸의 곁에 남은 것은 린을 비롯한 친위대 스물이 전부였다.

첸에 대한 충성심이 남다른 자들이었다. 첸은 아무 책임도 묻지 않을 테니 자신을 떠나라고 친위대 하나하나에게 말했다. 하지만 떠난 자는 아무도 없었다.

원래 10명 씩 여섯 개 조, 모두 60명으로 이루어진 친위대였다.

하지만 정찬혁의 반란 사건 당시 절반이 넘는 희생 끝에 남은 것이 스물이었다.

친위대장은 친위대원의 숫자를 보충하지 않고 개개인의 기량을 최대한으로 갈고 닦았다.

첸의 휘하, 아니, 구룡회의 조직원 중 암룡들을 빼면 최강이라 해도 과언이 아닌 친위대였다.

하지만 그런 친위대도 구룡회의 장로 시앙 로우위가 첸을 죽이기 위해 은밀히 보낸 사냥개들에 의해 절반이 희생당했다.

남은 것은 린을 비롯한 조장급 둘과 대원 여덟이 전부였다.

그나마도 절반은 사냥개들의 추적에 혼란을 주기 위해 사방으로 뿔뿔이 흩어져 있었다.

마지막까지 첸의 곁을 지키고 있는 것은 린과 친위대 넷뿐이었다.

잠시 주위를 둘러보러 흩어졌던 네 친위대가 돌아왔다.

"근처에 추적자의 기미는 보이지 않습니다. 이동하셔도 될 것 같습니다."

"대인은 내가 모실 테니 너희 둘은 전방, 너희 둘은 후방을 맡아라."

"예, 조장!"

네 친위대가 둘씩 나눠 앞뒤로 흩어지자 린은 첸에게 다가가 조용히 말했다.

"이동하겠습니다. 불편하시겠지만 조금만 참아주십시오. 밀항 편을 수배해 뒀으니 선착장까지만 가면 추적자들을 완전히 따돌릴 수 있을 겁니다. 모시겠습니다."

첸의 대답도 듣지 않고 린은 빠른 걸음으로 움직이며 휠체어를 밀었다.

머리 위를 훌쩍 넘을 정도로 긴 갈대가 무성한 데다 바닥이 고르지 않아 휠체어가 심하게 덜컹거렸지만 첸은 무어라 내색할 수 없었다.

그저 손잡이를 꽉 잡고 휠체어에서 떨어지지 않도록 버텨내야 할 뿐.

타앙—!

첸과 린 두 사람이 목적지인 낡은 선착장에 닿을 무렵, 그리 멀지 않은 곳에서 총성이 들려왔다.

아무리 각자의 기량이 뛰어나다지만 수백에 이르는 사냥개들을 고작 다섯만으로 완전히 따돌릴 수는 없었을 것이다.

그들의 죽음을 예감한 린은 짧은 한숨을 내쉬었다.

투타타타—

"크윽! 대, 대인! 꼭 무사하셔야 합니……! 컥!"

"부디 무사… 큭!"

연이은 총성과 함께 후방 경계를 맡은 친위대의 날카로운 비명이 들려왔다.

고작해야 채 100여 미터도 되지 않는 거리에서 전해진 음성이었다.

린은 그 자리에 멈춰 섰다.

갈대숲으로 들어선 사냥개들의 숫자가 얼마나 되는지 알 수 없는 지금, 섣불리 움직였다간 총알받이가 되고 말 것이다.

"금방 다녀올 테니 여기서 잠시만 기다려 주십시오, 대인."

귓속말을 하듯 나직이 속삭인 린은 권총을 고쳐 쥐고는 최대한 갈대가 움직이지 않게 빠르지만 은밀하게 총성이 들려온 방향으로 움직였다.

휘이이잉―

어디선가 불어온 바람이 갈대숲을 크게 뒤흔들었다.

홀로 남은 첸은 나직이 한숨을 내쉬며 스륵 눈을 감았다.

왠지 모르게 정찬혁의 얼굴이 머릿속에 떠올랐다.

'찬혁아……'

감은 눈가에서 주륵 한줄기 눈물이 흘러내렸다.

타앙―!

"킥!"

타아앙―

"크악!"

총성이 울릴 때마다 비명이 함께 터져 나왔다.

총성과 뒤이어진 비명은 그 후로 한참을 계속되었다. 마지막으로 들려온 것은 두 발의 총성이었다.

탕! 타앙―!

누군가 두 사람이 서로를 향해 거의 동시에 총을 쏜 것이었다.

동시에 낮은 신음이 희미하게 들려왔다.

"윽!"

이내 주위는 바람에 흔들리는 갈대의 낮은 마찰음밖에는 아무 소리도 들리지 않았다.

첸은 여전히 눈을 감은 채로 가만히 누군가 나타나기를 기다렸다.

얼마 지나지 않아 갈대숲을 헤치고 다가오는 소리가 들려왔다.

첸은 감은 눈을 천천히 떴다.

린이 서둘러 다가오고 있는 것이 눈에 들어왔다.

린은 총을 든 채로 왼쪽 어깨 부근을 꽉 누르고 있었다. 손가락 사이로 피가 배어 나오는 것이 보였다.

"다행히 이쪽으로는 온 추적자들은 그리 많지 않았나 봅니다. 모두 처리했으니 이제 가시죠."

첸의 시선은 붉은 피가 배어 나오는 린의 왼쪽 어깨로 향해 있었다.

"괜찮은 게냐?"

"아, 괜찮습니다. 그냥 살짝 스쳤을 뿐입니다. 아무튼 서두르시죠, 대인. 다른 추적자들이 곧 들이닥칠 겁니다."

린은 한 손으로 첸의 휠체어를 밀기 시작했다.

얼마 지나지 않아 목적지인 선착장에 닿을 수 있었다.

전방을 살펴보기 위해 보냈던 두 친위대가 선착장에서 두 사람을 기다리고 있었다.

한국까지 밀항하기 위해 구한 배편은 근해 조업용 어선이었다.

엔진도 작고 배기량도 그리 크지 않은 배라 주위의 어둠을 잘만 이용하면 쉽사리 빠져나갈 수 있을 것 같았다.

"출발 준비는 모두 끝났습니다. 어서 타시죠."

다가온 친위대 두 사람이 첸의 휠체어를 좌우에서 번쩍 들어 어선에 태웠다. 린도 그 뒤를 따라 배에 올랐다.

원가에 작은 어선이라 사람이 올라 탈 때마다 배가 크게 흔들렸다.

린은 더벅머리 선장에게 다가가 몇 마디 말을 하고는 품속에서 두툼한 지폐 더미를 꺼내 건넸다.

선장은 반색을 하며 지폐를 품속에 갈무리하고는 시동을 걸었다.

낡은 디젤 엔진이 허연 매연과 함께 소음에 가까운 구동음을 토해냈다.

배가 서서히 움직이기 시작하자, 긴장이 풀린 탓인지 린은 다리에 힘이 빠져 그 자리에 풀썩 주저앉았다.

"린 조장! 괜찮으십니까?"

친위대 하나가 다가와 말을 걸었다.

린은 대답 대신 가만히 고개를 끄덕였다.

다가온 친위대는 자신의 소맷부리를 이빨로 길게 찢어 총알이 스친 린의 어깨를 묶어 지혈했다.

"으음!"

첸에게는 대수롭지 않다는 듯 말했었지만 생각보다 깊이 스친 것인지 하얀 소맷부리는 순식간에 붉게 물들었다.

린은 저도 모르게 낮은 신음을 흘렸다.

그래도 상처를 압박한 덕에 더 이상 출혈이 심해지지는 않을 것 같았다.

친위대는 린의 옆에 털썩 주저앉으며 입을 열었다.

"린 조장. 항상 그렇게 나서다간 제명에 못 죽습니다. 첸 대인을 위해서라도 보중하십시오."

"명심하지."

린은 가만히 고개를 끄덕였다.

부디 단속에 걸리지 않고 무사히 한국에 밀항할 수 있기를 마음속 깊이 바라며 린은 가만히 두 눈을 감았다.

지난 며칠 동안 제대로 자지도 못하고 추적자들을 상대해 온 탓에, 긴장이 풀리자 참을 수 없는 졸음이 쏟아졌다.

이내 린은 저도 모르게 깊이 잠들었다.

*   *   *

"뭐라! 첸을 놓쳤다고!"

시앙 로우위는 시뻘겋게 달아오른 얼굴로 버럭 소리쳤다.

첸을 죽이기 위해 파견된 사냥개 부대의 대장은 오체투지를 하며 자신의 실수를 사죄했다.

"배신자의 친위대가 그렇게나 강할 거라고 예측하지 못한 제 실수입니다. 면목 없습니다, 대인."

"빌어먹을! 10배가 넘는 병력으로도 고작 스물을 상대하지 못했단 말이냐! 에잉! 쓸모없는 것들! 당장 꺼져라! 앞으로 내 눈에 띄었다간 절대 용서하지 않을게야!"

사냥개 부대장은 무어라 말도 하지 못하고 그대로 물러나야 했다.

방 안에 혼자 남은 시앙은 빠득 이를 갈며 첸의 얼굴을 떠올렸다.

"그놈의 명줄 하나는 끈질기시구려, 첸 장로!"

사실 시앙은 처음부터 첸의 목숨을 노리고 있었다.

장로회의에서 첸의 지위 박탈과 추방을 제안했던 것은 다른 장로들의 반감을 사지 않기 위함이었다.

실제로 다혈질인 루푸 쯔웨이를 빼고는 모두 자신의 제안에 찬성하지 않았던가.

하지만 첸을 그냥 내버려 둘 생각은 눈곱만큼도 없었다.

시앙이 구룡회를 자신의 발아래에 두는 데 가장 큰 걸림돌이 바로 첸이었다.

지금은 모든 권한을 잃은 그저 초라한 노인일 뿐이었지만 첸이 살아 있다는 것 자체가 시앙에게는 불쾌한 일이었다.

때문에 첸이 구룡회를 떠난 것을 확인한 시앙은 곧장 자신의 휘하에 있는 사냥개 부대를 은밀히 파견했다.

사냥개 부대는 다른 장로들에게 알리지 않고 비밀리에 키워낸 병력이었다.

수년 동안 특수 훈련을 받아온 자들이라, 고작해야 20여 명에 지나지 않는 첸의 친위대 따위는 쉽게 쓰러뜨리고 첸을 죽일 수 있을 거라 생각했다.

하지만 결과는 자신의 예상과는 정반대였다.

친위대는 거의 대부분 제거할 수 있었지만 정작 목표인 첸은 놓쳐 버렸다.

게다가 첸의 친위대 열일곱을 제거하기 위해 희생된 사냥개 부대원은 전체 숫자의 절반이 넘는 120여 명이었다.

첸을 죽이지 못한 것도 분한 일이었지만 시앙을 더욱 분노하게 한 것은 자신이 공들여 키워낸 사냥개 부대 200여가 고작 첸의 친위대 20여 만도 못하다는 사실이었다.

"이번이 끝일 거라고는 절대 생각하지 마시오, 첸 장로! 온 세상을 다 뒤져서라도 반드시 찾아내어 그 명줄을 내 직접 끊어 주겠소이다."

　　　　　　　*　　　*　　　*

"……!"

"……!"

누군가 무어라 소리치며 대화를 나누는 소리가 희미하게 들려왔다.

린은 무거운 눈꺼풀을 억지로 들어 올렸다.

어느새 주위가 훤히 밝아져 있었다. 상체를 일으킨 린은 천천히 주위를 둘러보았다.

자신들이 타고 있는 밀항 어선은 어느새 작은 선착장에 닿아 있었다.

"일어나셨습니까, 린 조장."

소맷부리를 찢어 어깨의 상처를 지혈해 준 친위대가 다가오며 말을 걸었다.

린은 피가 어느 정도 말라붙어 있었지만 아직까지 쓰라린 어깨의 상처를 한 손으로 감싸 쥔 채로 몸을 일으켰다.

"여긴 어디지……?"

"한국입니다. 덕적도라는 섬의 선착장입니다. 본토로 가려면 섬 맞은편에 있는 선착장에서 배를 타고 두 시간 정도 더 가야 한다더군요."

"도착은 언제 했나?"

"10분 정도 됐습니다."

"왜 날 바로 깨우지 않았지?"

"너무 곤히 잠들어 계셔서……."

친위대는 뒷머리를 긁적이며 말꼬리를 흐렸다.

린은 나직이 한숨을 내쉬며 입을 열었다.

"첸 대인께서는?"

"저기 계십니다."

린의 시선이 친위대가 가리킨 곳으로 향했다.

휠체어에 앉은 채 자신을 바라보고 있는 첸의 모습이 눈에 들어왔다.

린은 그대로 바닥을 박차고 선착장으로 올랐다. 그 바람에 밀항 어선이 크게 출렁였다.

금방이라도 바다에 빠질 듯 휘청거리던 친위대는 간신히 몸의 균형을 잡고는 조심스레 선착장에 올랐다.

"죄송합니다, 첸 대인. 제가 먼저 일어나서 모셨어야 했는데."

첸의 앞에 무릎을 꿇으며 린이 말했다.

첸은 희미한 미소를 지으며 린의 머리칼을 가볍게 쓰다듬었다.

"괜찮다. 그동안 제대로 잠도 못 자고 날 지켜왔으니 피곤

할 수밖에. 다친 덴 좀 괜찮으냐?"

"아무렇지도 않습니다."

"다행이로구나. 그래도 며칠 정도는 이곳에서 푹 쉬어야 할 게다. 듣자하니 근처에 민박이 있다더구나. 그리고 가자꾸나."

"예, 대인. 모시겠습니다."

린은 지난밤과는 달리 조심스레 첸이 타고 있는 휠체어를 밀었다.

그 뒤를 두 친위대가 조용히 따랐다.

"잠깐!"

갑작스레 터져 나온 누군가의 음성에 린은 멈춰 서서 고개를 돌렸다.

밀항 어선의 더벅머리 선장이 누런 이를 드러낸 채 히죽 미소를 짓고 있었다.

"뭐죠? 이미 계산은 다 끝난 걸로 아는데?"

린은 고개를 갸웃하며 물었다.

분명 배를 탈 때 지불한 돈은 밀항에 대한 대가는 충분하고도 남았다.

더벅머리 선장은 기분 나쁜 미소를 띤 채 말했다.

"보아하니 쫓기고 있는 모양인데… 입막음 비용도 추가로 지불해 주서야겠수다."

말도 안 되는 소리였다.

밀항을 위해 처음 선장과 접촉했을 때에 모든 흥정은 마친 상태였다.

게다가 배를 타면서 지불했던 돈은 흥정한 액수의 두 배에 가까운 액수였다.

그런데 입막음 비용까지 달라니. 욕심이 과해도 너무 과했다.

하지만 이런 곳에서 선장과 입씨름이나 하고 싶은 생각은 조금도 없었다.

린은 품속에서 원통처럼 둥글게 말아둔 지폐 한 덩이를 꺼내 선장에게 던졌다.

"그 정도면 충분하겠지?"

홍콩 달러로 2천 달러가 조금 넘는 금액이었다.

대충 지폐의 두께만 확인한 선장은 희희낙락거리며 자신의 배에 올라탔다.

낡은 디젤엔진의 굉음과 함께 천천히 선착장을 벗어나는 밀항 어선을 가만히 바라보던 린은 첸의 귓가에 조용히 속삭였다.

"잠시만 다녀오겠습니다, 대인."

그리곤 휙 돌아서서 선착장을 걸어갔다.

린이 걸음을 내딛을 때마다 낡은 나무가 삐걱댔다.

선착장 끄트머리에서 멈춰선 린은 품속에서 권총을 꺼내 들었다.

멀어져 가는 밀항 어선을 향해 총구를 내뻗은 린은 조금의 망설임도 없이 방아쇠를 당겼다.

타앙—

한줄기 커다란 총성이 울려 퍼졌다.

주위에 있던 바닷새들이 총성에 놀라 후두둑 저 멀리 하늘로 날아올랐다.

콧노래를 흥얼거리며 타기(舵機)를 조종하던 더벅머리 선장은 순간 찢어져라 눈을 크게 치켜떴다.

그리곤 그대로 쓰러지며 조타실의 유리에 안면을 짓눌렸다.

더벅머리 선장의 이마에 생긴 작은 구멍에서 피가 주륵 흘러내렸다.

린은 무표정한 얼굴로 권총을 품속에 갈무리하고 돌아섰다.

곧장 첸에게 다가간 린은 휠체어 손잡이를 잡고 조용히 밀며 말했다.

"가시죠, 첸 대인."

*   *   *

한윤철이 대검찰정에 도착한 것은 9시가 넘어서였다.

이미 모든 사람이 퇴근했어야 할 시간이었지만 대검찰청은 불야성을 이루고 있었다.

차에서 내린 한윤철은 곧장 박상규가 있는 부장검사실로 향했다.

복도에는 여전히 퇴근하지 않은 검사들과 수사관, 사무관들이 바쁘게 오가고 있었다.

박상규가 전화로 대충이나마 얘기해준 사건 때문인 것 같았다.

복도를 오가는 사람들 사이를 뚫고 부장검사실에 도착한 한윤철은 길게 한숨을 내쉰 후에 손을 들어 노크했다.

똑똑—!

"들어오세요."

안에서 들려온 박상규의 음성에 한윤철은 곧장 문을 열고 안으로 들어갔다.

"저 왔습니다, 부장님."

자리에 앉아 서류를 살펴보고 있던 박상규는 힐긋 한윤철을 쳐다보고는 입을 열었다.

"어, 왔냐? 앉아서 잠깐만 기다려라. 바로 결재해서 올려야 하는 서류가 있어서 말이야."

박상규의 옆에는 결재서류철이 가득 쌓여 있었다. 얼핏 보이게도 서른 장은 넘어 보였다.

박상규는 만년필을 들고는 기계적으로 결재서류에 사인하기 시작했다.

채 10여 분도 지나기 전에 마지막 서류에 사인을 마친 박상규는 징그럽다는 듯 마지막 서류철을 책상 위에 휙 던져 놓고는 벌떡 일어나 한윤철의 맞은편에 자리를 잡았다.

"그래. 특별한 변동사항이 있었던 거냐?"

"예. 공식적인 방법으로는 들키지 않고 뒷조사를 하는 게 불가능하지 않습니까? 그래서 조회 기록이 남지 않는 다른 수단을 사용하기로 했습니다. 그 방면에서 최고라고 하는 사람을 좀 전에 만나고 오는 길입니다. 철저한 비밀 유지와 함께 전력을 다해 협력하겠다는 다짐을 받아뒀지요."

"설마… 해킹을 하려는 거냐?"

박상규의 말에 한윤철은 피식 미소를 지으며 고개를 끄덕였다.

박상규는 짐짓 굳은 얼굴로 말을 이었다.

"너무 위험한 거 아니냐? 자칫하다간 괜히 억울한 사람이나 만드는 게 아닐까 싶다만……."

"괜찮을 겁니다. 성격이 좀 특이하긴 하지만 단단히 일러뒀으니 절대 흔적을 남기는 실수는 하지 않을 겁니다."

"뭐, 네가 그렇다면 그런 줄 알고 있으마. 그런데 조회 범위는 어디까지 상정한 거냐?"

"사돈에 팔촌까지 싸그리 다 뒤져 볼 겁니다. 입출금 내역에 남아 있는 사소한 계좌까지 전부 다요."

"어이구. 모래사장에서 바늘 찾기로구나. 그 많은 걸 언제 다 해킹하고 언제다 살펴볼 거냐?"

"어쩔 수 없죠, 계좌를 특정할 수 있는 것도 아니니 무식하게 들이받아 봐야죠. 해킹은 뭐, 일주일 안에 가능하다고 호언장담했으니 느긋하게 기다려 볼랍니다."

맞는 말이었다.

의심 계좌를 특정할 수 없으니 하나하나 비교 대조해 가며 찾아야만 했다.

시간이 많이 걸리는 일이지만 그만큼 확실한 증거를 잡을 수 있는 일이었다.

박상규는 가만히 고개를 끄덕이며 불쑥 물었다.

"뭐, 딴 건 없고?"

"예, 오늘은 그게 답니다."

"한 가지 궁금한 게 있는데 말이다."

"물어보십쇼."

"너처럼 사교성이 꽝인 녀석이 그런 솜씨 좋은 해커는 또 어떻게 찾아낸 거냐?"

박상규의 질문에 한윤철은 히죽 미소를 지으며 입을 열었다.

"수사 기밀입니다. 그런 것까지 자세히 보고할 필요는 없지 않습니까. 그리고 저 친구 많습니다. 무시하지 마십쇼."

"어이구. 웃기고 있네. 너 인마 사법 연수원 동기 중에 지금까지 연락하는 놈들이 몇이나 되냐? 다섯 손가락 안에 들지?"

"그 정도면 충분히 많은 거 아닙니까?"

"으이구, 화상아. 내가 말을 말아야지."

잠깐 농지거리를 주고받던 두 사람은 이내 얼굴에서 웃음기를 지웠다.

먼저 입을 연 것은 한윤철이었다.

"그러고 보니… 아까 전화로 말씀하신 거, 어떻게 된 겁니까?"

박상규는 끄응, 하며 앓는 소리를 내면서 대답했다.

"밖에 난리난 거 너도 봤지? 지금 조직범죄과 애들이 제일 고생 중이다. 너도 알다시피 구룡회가 국내 조폭들이랑 좀 깊은 관계 아니냐? 혹시나 첸이 쫓겨난 게 세력 다툼으로 번질까 봐 다들 잔뜩 긴장하고 있더라. 뭐, 바짝 쫄아 있는 건 형사 1과 애들도 마찬가지야. 뭐, 그쪽은 구룡회보다 진용에 더

촉각을 곤두세우고 있긴 하다만."

"자세한 사정은 알려지지 않은 겁니까?"

"일단 겉으로 드러난 건 아까 전화로 말한 게 전부다. 재단법인 진용의 대표이사 첸 카이후, 이사회의 결정으로 해임. 구룡회 쪽은 파문 처리. 조직범죄과 애들이 바로 중국 공안에 자료요청 했다고 하더라. 근데 그쪽 반응을 봐선 제대로 된 자료를 줄 것 같진 않더라고."

"구룡회가 얽혀 있으니 그쪽도 쉽게 손을 못 대는 거겠죠. 근데 형님, 아니, 부장님. 이거 저희한테는 기회일지도 모릅니다."

한윤철의 말에 박상규는 무슨 소리냐는 듯 고개를 갸웃거렸다.

"기회라니?"

"한 번 생각해 보십쇼. 구룡회의 최고위 간부인 첸 카이후가 파문당했습니다. 말 그대로 그냥 쫓겨난 거죠. 우연찮게도 첸은 그동안 재단법인 진용의 대표이사 직을 맡고 있었습니다. 그리고 지금 저흰 구룡회와 저의 검찰 간의 커넥션이 있지 않나 내사를 진행 중이고요. 이 정도면 설명은 충분하지 않습니까?"

한윤철의 말에 박상규는 뒷머리를 한 대 크게 얻어맞은 것 같은 표정이었다.

처음 첸에 대한 소식을 전해 들었을 때는 그저 정말 큰일이 터졌구나 하는 생각밖에는 하지 못했다.

그런데 지금 한윤철의 지적에 눈앞이 확 트이는 것 같았다.

박상규는 자신의 머리를 툭툭 치며 자신의 어리석음을 탓했다.

"어이구. 그 간단한 것도 생각하지 못하다니. 내가 정말 어지간히 현장에서 멀어져 있었나보다. 그러니까 니 말은 첸 카이후를 찾자. 이거 아니냐?"

"예. 구룡회나 재단법인 진용, 게다가 검찰 상층부까지 한번에 말아먹을 수 있는 핵폭탄입니다. 그런 걸 그냥 멀뚱멀뚱 지켜보고 있을 수는 없죠."

잠시 생각하던 박상규는 조심스레 입을 열었다.

"이미 죽었다면? 구룡회에서 그런 핵폭탄을 그냥 얌전히 보내줬을 리가 없잖아?"

"아직 살아 있을 가능성도 있습니다. 구룡회의 공식 입장은 첸을 '파문' 했다는 거니까요. 아무리 그래도 대놓고 첸을 죽이려 들지는 않을 겁니다. 구룡회가 중화권의 암흑가를 오랫동안 지배해 왔다는 것은 그만큼 엄정한 규칙을 세워 그것을 지켜왔다는 뜻이 아닐까요? 그러니 공식 발표를 손바닥 뒤집듯 홀랑 바꿀 수는 없을 겁니다."

박상규는 동의한다는 듯 고개를 끄덕이며 말했다.

"그렇기는 한데……. 잠깐만! 그러면 더 위험한 거 아닌가? 그리고 첸이 어디에 숨어 있을 줄 알고 찾겠다는 거냐? 무슨 서울에서 김 서방 찾기도 아니고."

"첸이 숨어봤자 홍콩, 아니면 서울 아닐까요? 등잔 밑이 어둡다고 하지 않습니까. 홍콩이야 뭐, 구룡회 쪽에서 지들이 알아서 할 테니 전 이쪽을 뒤져 보죠. 홍콩에서 이쪽으로 오는 밀입국 루트부터 공항, 항만 출입국 기록까지 싹 다 뒤져 보면 뭔가 나오지 않겠습니까?"

한윤철의 말에 박상규는 질린 얼굴로 중얼거렸다.

"어이구. 이 미친놈아. 금융거래 내역에 출입국 기록까지 싹 다 뒤지겠다고?"

얼핏 생각해도 그 작업량은 어마어마하다는 것을 쉽사리 알 수 있었다.

다른 사람이었으면 강제로 시켜도 절대 안 할 것 같은 일을 자청해서 하겠다는 한윤철의 모습에 박상규는 절로 깊은 한숨이 흘러나왔다.

"그래. 어디 한 번 해봐라. 너무 무리하지는 말고."

"예, 알겠습니다. 근데……."

한윤철이 말꼬리를 흐리자 박상규는 고개를 갸웃하며 물었다.

"또 뭐?"

"좀 도와주시기는 할 거죠?"

박상규의 얼굴이 왈칵 일그러졌다.

"안 해, 인마."

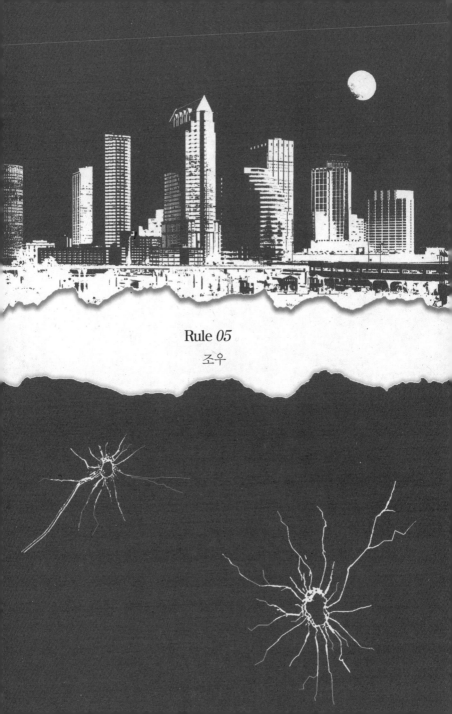

Rule *05*

조우

하루에도 수십, 수백만 가지의 수출입 물류가 오가는 인천항에는 사람들이 잘 알지 못하는 구역이 있었다.

　인천에서 월미도로 가는 월미로 가에 있는 공장지대의 외곽에 위치한, 작고 허름하기 짝이 없는 창고가 바로 그곳이었다.

　평소에는 찾아오는 사람이 거의 없었지만 간혹 그 낡은 창고를 찾는 사람이 있었다.

　아직까지 꽃샘추위가 남아 있는 쌀쌀한 날씨에 어울리지 않는 낡은 셔츠와 얇은 바지를 입은 사내가 창고 입구에 멈춰 섰다.

훤칠한 키에 허리까지 내려오는 뒷머리를 질끈 묶고 있는
사내, 알렉스는 녹이 슬어 있는 굵은 자물쇠로 단단히 잠겨
있는 창고 문을 두드렸다.

"안에 아무도 없나?"

몇 번이고 소리치며 문을 두드려 보았지만 철컹거리는 쇳
소리만 들려올 뿐이었다.

한참을 그 자리에서 계속 철문을 두드리던 알렉스는 나직
이 한숨을 내쉬며 중얼거렸다.

"여기가 아니었나?"

수년 전 알렉스가 구룡회의 암룡으로서 활발하게 활동하
던 당시의 기억을 더듬어 찾아온 곳이었다.

얼핏 보기에는 그냥 버려진 허름한 창고로 보였지만 사실
중국이나 러시아, 중동에서 생산된 총기류를 밀수해 판매하
는 곳이었다.

분명 알렉스의 기억에 남아 있는 장소는 분명 자신의 눈앞
에 있는 창고였다.

하지만 아무리 문을 두드려 봐도 안에서는 아무런 반응이
없었다.

자신의 기억이 잘못된 것일지도 모른다는 생각을 하며 알
렉스는 천천히 돌아섰다.

그때였다.

그그극—

쇠가 긁히는 소리와 함께 걸걸한 사내의 목소리가 귓가에 날아들었다.

"무슨 일이슈?"

순간 멈칫한 알렉스가 고개를 돌렸다.

철문의 하단에 있는 덧문을 열고 털북숭이 사내가 삐죽이 얼굴을 내밀고 있었다.

알렉스는 돌아서며 천천히 입을 열었다.

"물건을 사러 왔다."

"무슨 물건?"

"이 나라에서는 돈이 있어도 못 사는 물건. 손에 들면 다른 사람이 똑바로 쳐다보지 못하는, 그런 물건을 사러 왔다."

무슨 선문답 같은 소리였다.

알렉스의 말에 덧문으로 얼굴을 내밀고 있던 털북숭이 사내는 그대로 안으로 들어갔다.

이내 철컹철컹, 하는 쇳소리가 들려왔다.

끼이익—

분명 굵은 자물쇠로 잠겨 있는 철문이 활짝 열렸다.

철문 자체가 이중구조로 만들어져 있어 밖에서는 자물쇠로 잠겨 있는 것처럼 보였다.

"들어오슈."

털북숭이 사내는 문고리를 잡은 채로 알렉스에게 고갯짓했다.

알렉스가 안으로 들어서자 털북숭이 사내는 그대로 문을 잠갔다.

철컥철컥!

창고 안은 조명 하나 없이 어두웠다.

가늘게 실눈을 뜨자 주위가 희미하게 보였다.

털북숭이 사내는 힐끗 알렉스를 쳐다보더니 걸음을 옮기기 시작했다.

"따라오슈."

알렉스는 어둠 속으로 망설임없이 걸어가는 털북숭이 사내의 뒤를 조용히 따랐다.

창고 한가운데에서 멈춰 선 털북숭이 사내는 무릎을 꿇고 바닥에 볼록 솟아나 있는 손잡이를 잡아당겼다.

낡은 경첩이 긁히는 소리와 함께 지하로 이어진 계단이 드러났다.

털북숭이 사내는 앞장서서 계단을 내려갔다.

거의 10여 미터는 내려간 후에야 계단이 끝나고 길게 이어진 복도가 나타났다.

복도는 주황빛 백열전구로 가득했다.

복도를 따라 5미터 정도 더 나가자 창고 입구보다 훨씬 큰 강철 문이 앞을 막아섰다.

털북숭이 사내는 주먹을 쥐고 강철 문을 쾅쾅, 후려쳤다.

"손님이 왔수. 빨리 문 여슈, 형님!"

"시끄러 인마! 살살 좀 두드려라. 문 부서지겠다."

누군가 신경질적으로 버럭 소리치는 소리가 전해져 왔다. 이내 쇳소리와 함께 커다란 강철 문이 활짝 열렸다.

문을 연 사내는 털북숭이 사내보다 조금은 왜소해 보이는 체격에 호피무늬 밍크코트를 입고, 굵은 금 사슬 목걸이에 빨 테 선글라스를 쓴, 특이한 차림새의 사내였다.

호피무늬 사내는 담배 두 개비를 좌우에 문 채로 털북숭이 사내의 뒤에 선 알렉스를 힐끔 쳐다보았다.

"그래. 손님이시라고? 뭐가 필요하셔서 이런 누추한 곳까 지 오셨을까?"

호피무늬 사내는 어깨를 건들거리며 알렉스에게 다가와 담배연기를 얼굴에 확 뿌렸다.

알렉스는 미동도 하지 않고 천천히 입을 열었다.

"총기 밀수상에게 돈 주고 살 만한 게 총 말고 또 뭐가 있 나?"

강철 문 안으로 들어선 알렉스는 빠르게 주위를 훑었다.

지상의 창고보다 서너 배는 넓어 보이는 공간이었다.

한쪽 구석에서는 온몸에 문신을 새긴 험악한 인상의 사내들 다섯이 포커 판을 벌려 놓고 있었고, 다른 쪽에는 역시나 비슷한 인상의 사내 셋이 내기 당구를 있었다.

자신을 빼면 모두 10명의 사내가 지하 공간에 함께하고 있었다.

속으로 계산을 마친 알렉스는 입꼬리를 말아 올렸다.

호피무늬 사내가 쪼르르 알렉스에게 다가와 씨익 미소를 지었다.

금박을 씌운 앞니 두 개가 빛을 받아 번쩍였다.

호피무늬 사내는 연극적인 과장된 동작으로 손을 활짝 펴며 넓은 벽면을 가리켰다.

"이런. 내가 멍청한 질문을 했군. 어디 필요한 게 있으면 마음껏 골라보시오. 없는 것 빼고는 전부 있으니까."

호피무늬 사내가 가리킨 벽면에는 온갖 총기류가 빽빽하게 전시되어 있었다.

얼핏 보기에도 관리 상태가 상당히 좋아 보이는 것들이 대부분이었다.

알렉스는 천천히 다가가 신중한 눈빛으로 전시된 총기류를 살폈다.

손아귀에 딱 맞는 총기류를 찾기 위해 알렉스는 거의 두 시간이 넘도록 벽에 전시된 모든 총기류를 자세히 살폈다.

골라낸 것은 글록 시리즈 다섯 정과 종류를 불문한 기관단총 여섯 정, 그리고 호신용 소형 권총 두 자루를 골랐다.

"꽤 눈이 높으시구랴? 이제 다 고르신 거요?"

어느새 다가온 호피무늬 사내는 알렉스가 고른 총기류를 보고 짐짓 감탄하며 물었다.

알렉스는 고개를 끄덕였다.

"이 정도면 충분할 것 같군. 그런데 몇 자루만 시범 사격을 해볼 수 있나?"

"사격장은 저쪽. 시범 사격한 실탄까지 판매가격에 포함된다오. 모든 거래는 알다시피 선불이요."

호피무늬 사내의 말에 알렉스는 품속에서 오만 원권 지폐한 뭉치를 꺼내 건넸다.

그리곤 자신이 고른 총기류 중에서 글록19와 글록 26을 집어 들었다.

돈을 확인한 호피무늬 사내가 고개를 끄덕이자 알렉스는 권총 두 자루를 양손에 쥐고 사격장으로 다가갔다.

사격장이라고 해봐야 강철 문이 왼쪽의 돌벽에 표적지 두개를 붙여 놓은 게 다였다.

알렉스는 표적지에서 10미터 정도 거리에 멈춰 섰다.

실탄이 가득 찬 탄창을 들고 알렉스의 뒤를 따라온 호피무늬 사내는 씨익 미소를 지으며 탄창 두 개를 건넸다.

탄창을 장전한 알렉스는 왼손에는 글록 26을 오른손에는 글록 19를 잡았다.

그리곤 슬쩍 뒤를 돌아보며 사내들의 위치를 다시 한 번 확인했다.

알렉스는 왼손을 천천히 표적지를 향해 들어 올렸다.

안전장치를 풀고 방아쇠를 당기자 커다란 총성이 지하공간을 크게 뒤흔들었다.

타아앙—

바로 옆에 있던 호피무늬 사내가 손가락으로 귀를 막으며 계속하라는 듯 고갯짓했다.

이번에는 오른손을 들고 방아쇠를 당겼다.

타탕—!

연속으로 두 번 방아쇠를 당겼다.

작동에는 전혀 이상이 없는 총이었다.

입꼬리가 절로 말려 올라갔다. 알렉스는 권총을 쥔 양손을 천천히 들어 올렸다.

처음에는 표적지를 향하던 알렉스의 오른팔은 천천히 자신의 옆에 있는 호피무늬 사내에게로 향했다.

"웅? 지금 이게 뭐하는……?"

타앙—!

고개를 갸웃하는 호피무늬 사내에게 알렉스는 망설임없이

방아쇠를 당겼다.

호피무늬 사내는 채 비명도 지르지 못하고 튕겨 나가 바닥에 쳐 박혔다.

쿠당탕─!

갑작스러운 소란성에 포커와 당구를 치던 사내들이 일제히 고개를 돌렸다.

피를 흘리며 쓰러져 있는 호피무늬 사내를 발견한 사내들은 버럭 소리치며 저마다 근처에 숨겨둔 총을 꺼내 들었다.

"큰 형님!"

"뭐야, ×발! 저 새×는!"

철컥! 철컥!

급히 실탄을 장전하는 격철음이 들려왔다.

하지만 알렉스는 그 자리에 가만히 선 채로 팔만 조금씩 움직이며 방아쇠를 당겼다. 미리 사내들의 위치를 전부 파악해둔 덕이었다.

탕! 타타탕!

"크억!"

"커허헉!"

채 1분도 되지 않는 짧은 시간 만에 10명의 사내는 모조리 피를 토하며 쓰러졌다.

알렉스는 가장 먼저 쓰러진 호피무늬 사내에게 다가갔다.

"으, 으으……!"

호피무늬 사내는 아직 죽지 않고 낮은 신음을 흘리며 꿈틀거리고 있었다.

알렉스는 살짝 입꼬리를 말아 올린 채 총구를 호피무늬 사내의 이마에 가져다 댔다.

탕—

총성과 함께 피와 뇌수가 허공으로 튀었다. 약간의 피가 알렉스의 얼굴에 묻었다.

알렉스는 손등으로 피를 닦아내며 천천히 자신이 고른 총기류가 있는 책상으로 향했다.

탕! 타탕!

죽지 않고 꿈틀거리고 있는 자들의 모습이 눈에 들어올 때마다 알렉스는 그대로 방아쇠를 당겼다.

알렉스의 눈에 총기류 사이에 놓여 있는 오만 원권 지폐뭉치가 보였다.

"열 명의 저승길 여비 치고는 저렴한 편이로군."

피식 미소를 지으며 알렉스는 총기와 실탄을 잔뜩 챙겼다.

소기의 목적을 이룬 알렉스는 곧장 서울로 향하는 버스에 올랐다.

총기와 실탄으로 가득 찬 가방은 어깨가 빠질 정도로 무거왔다.

알렉스는 가방을 옆 좌석에 던져 놓고 자리에 앉았다. 평일 낮 시간대라 빈자리가 많아서 다행이었다.

알렉스는 팔짱을 끼고 푹신한 의자에 등을 기댔다. 절로 스르륵 눈이 감겼다.

이내 버스가 출발하는 소리가 들려왔다. 스피커를 타고 리드미컬한 음악이 흘러나왔다.

흥이 난 버스 기사가 허밍으로 음악을 따라 불렀다. 피곤한 탓이었을까.

알렉스는 어느새 조용히 잠들어 있었다.

─재단법인 진용의 대표이사, 첸 카이후가 이사회의 압박으로 인해 일방적으로 해임되었다고 합니다. 재계의 주요 인사들은 이번 사태를 두고…….

선잠이 든 상태에서 귓가로 흘러든 라디오 뉴스를 대수롭지 않게 지나치려던 알렉스는 순간 퍼뜩 정신을 차리고 번쩍 눈을 떴다.

분명 뉴스에서 첸이 어쩌고 하는 소리를 들은 것만 같았다.

알렉스는 가만히 귀를 기울였다. 하지만 버스 기사가 갑자기 주파수를 바꿔 버렸다.

뉴스가 아니라 온갖 기계음이 뒤섞인 가요가 흘러나오기 시작했다.

알렉스는 왈칵 인상을 찌푸리며 소리쳤다.

"조금 전에 그 뉴스! 지금 당장 뉴스 채널로 돌려! 어서!"

갑자기 터져 나온 날카로운 외침에 승객들의 시선이 일제히 알렉스에게로 향했다.

버스 기사가 황당하다는 얼굴로 대수롭지 않게 말했다.

"갑자기 왜 그러십니까, 손님. 다른 손님들께 폐가 되니 소란은 자제해 주십시오."

알렉스는 금방이라도 버스 기사를 씹어 먹을 듯 날카로운 눈빛으로 노려보며 다시 한 번 버럭 소리쳤다.

"뉴스 채널로 돌리란 말이다!"

백미러를 통해 알렉스의 눈빛을 마주한 버스 기사는 저도 모르게 어깨를 움찔했다.

손이 저절로 라디오 주파수를 뉴스 채널로 바꾸고 있었다.

승객들도 알렉스의 서슬 퍼런 기세에 짓눌려 아무런 불평도 하지 못하고 있었다.

이내 뉴스가 다시 흘러나오기 시작했다.

─이번에 해임된 대표이사 첸 카이후는 재단법인 진용을 설립하는 데 주도적으로 나서…….

다른 내용은 더 들을 필요도 없었다.

중요한 것은 자신의 원수인 첸 카이후가 재단법인 진용의 대표이사 직에서 경질되었다는 사실이었다.

대표이사 경질.

그것이 의미하는 바는 알렉스도 쉽게 짐작할 수 있었다.

바로 구룡회에서의 파문을 의미하는 것이었다.

도무지 믿기지 않는 일이었다. 첸은 구룡회의 장로들 중 가장 큰 세력을 지니고 있지 않았던가.

그런 첸이 파문을 당하다니.

알렉스가 두문불출하던 지난 몇 년 사이에 대체 무슨 일이 있었단 말인가.

아무리 생각해 보아도 알 수 없는 일이었다.

장로인 첸이 파문을 당할 정도의 일이라면 구룡회 전체에 막대한 피해를 입혔다거나 또는 피의 잔을 함께 나눠 마신 형제를 배신했을 경우…….

어쩌면 첸이 마오의 죽음에 직접적인 관련이 있다는 것을 다른 장로들이 알게 된 것일지도 모르는 일이었다.

형제를 배신한 자에게는 죽음으로써 그 대가를…….

문득 구룡회의 가장 중요한 법칙이 머릿속에 떠올랐다.

이번에도 그 법칙을 적용했다면 이미 첸은 이 세상 사람이 아닐지도 몰랐다.

최악의 추측이었다.

팔과 다리를 하나씩 잃고, 지난 수년 간 악몽의 세계에 빠져 스스로를 자학하며 지내왔던 알렉스였다.

어떻게 된 것인지 알 수는 없었지만 새로 얻은 팔과 다리로 다시 형제들의 복수를 위해 일어선 것이 고작 얼마 전의 일이었다.

그런데 복수의 대상인 첸이 벌써 죽어버렸다면 더 이상 삶을 이어갈 의미가 없어지는 것이었다.

숨을 쉬고는 있지만 마치 죽은 것과 같은, 아무런 의미 없는 허망한 존재인 것이다.

아니, 그럴 리 없다.

명색이 구룡회의 최고 장로였던 첸 카이후다.

파문을 당할 정도의 잘못을 저질렀다고는 하지만 죽음의 대가를 치르게 하지는 않았을 것이다.

어딘가에 반드시 첸은 살아 있을 것이다.

구룡회의 눈을 피해 숨어 있는 첸을 찾아 자신의 손으로 직접 목숨을 끊는 것, 그것만이 알렉스의 유일한 삶의 의미였다.

자신의 삶도 의미가 있었다는 것을 증명하기 위해서는 반드시 첸이 살아 있어야만 했다.

치익—

버스가 매연을 흩뿌리며 터미널을 벗어났다.

알렉스는 총기와 실탄이 가득 들어 있는 가방을 어깨에 둘러 멘 채 터덜터덜 고속터미널을 빠져나왔다.

처음의 계획은 혼자서 진용빌딩으로 쳐들어갈 셈이었다.

하지만 지금 와서는 아무 의미 없는 짓이었다. 대표이사직에서 해임된 첸의 행방을 진용빌딩에서 알아낼 수 있을 리가 없었다.

알렉스는 그 자리에 멈춰 선 채 앞으로 어찌해야 할지 한참을 고민하고, 또 고민했다.

그러다 퍼뜩 한 가지 방법이 떠올랐다.

첸의 파문을 결정한 구룡회의 나머지 장로들, 그들을 만난다면 이번 일에 대한 상세한 정보를 얻을 수 있을 거라는 생각이 들었다.

그렇다면 누구를 만나야 할까.

남은 일곱 장로들 모두를 만나기란 불가능에 가까운 일이었다.

문득 첸과 마오 외에 자신이 직접 만났던 한 장로의 얼굴이 머릿속에 떠올랐다.

시앙 로우위.

알렉스가 한국으로 불려오기 전에 다른 임무를 위해 그를 만난 적이 딱 한 번 있었다.

그때 마오가 아닌 자신을 위해서 일하지 않겠냐는 제안도 받았던 기억이 났다.

이미 얼굴을 알고 있는 시앙 장로를 찾아가 보는 것이 최선의 선택이었다.

결정은 내려졌다. 남은 것은 행동뿐.

여권도, 신분 등록도 완전히 말소된 지금, 알렉스가 홍콩으로 갈 수 있는 방법은 하나뿐이었다.

밀항.

인천항 인근에는 홍콩이나 중국, 일본 등지로 밀항을 주선하는 고깃배들이 상당히 많이 있었다.

돈만 쥐어주면 북한까지도 갈 수 있다고 하는 자들도 있었다.

행선지까지도 정해졌으니 더 이상 시간 낭비하고 있을 틈이 없었다.

알렉스는 돌아서서 다시 고속터미널로 향했다.

총기와 실탄이 가득한 가방은 쓸모없는 짐 덩어리일 뿐이었다.

고속터미널 내에 있는 화장실로 향한 알렉스는 글록 19 한 자루와 탄창 다섯 개, 그리고 글록 26과 탄창 세 개를 챙긴 후에 나머지는 청소 용구가 놓여 있는 칸에다 가방채로 던져 넣었다.

화장실 밖으로 나온 알렉스는 승차권을 구매하고 인천행 버스에 올랐다.

전에 없이 알렉스의 눈빛은 날카롭게 타들어 가고 있었다.

*　　*　　*

한윤철은 하루에 서너 시간도 자지 못할 만큼 바빠졌다.

마태진은 자신이 약속했던 대로 정확히 일주일 후에 총 160여 명의 금융거래 정보 내역을 해킹해 한윤철에게 전해주었다.

A4용지로 1500장이 넘는 어마어마한 분량의 자료였다.

그것을 꼼꼼하게 살펴보는 것도 모자라 첸 카이후의 대표이사 직 해임이 언론에 알려진 날에서 2주일 전부터 당일까지 모든 공항, 항만의 입출국 기록을 뒤지는 한편, 밀입국 루트까지 조사하느라 제대로 숨을 돌릴 틈도 없었다.

누적된 피로를 풀 여유가 없어 근무시간에 꾸벅꾸벅 졸다가 유인혜 사무관에게 면박을 당한 것도 한두 번이 아니었다.

처음 며칠간은 면박을 주고, 짜증도 내던 유인혜 사무관이었지만 닷새쯤 지나자 아예 포기해 버렸다.

맡은 사건을 제대로 처리하지 못하고 있으니 사정을 잘 알고 있는 부장검사 박상규도 계속 눈감아주고 있을 수는 없었다.

근무 시간 중에 따로 호출해 적당히 좀 하라고 호통 치기도 하고, 쉬엄쉬엄하라고 달래보기도 했다.

하지만 한윤철의 고집을 꺾을 수는 없었다.

도와주지 않을 거라고 했던 박상규였지만 어쩔 수 없이 계좌 거래 내역의 일부를 자신이 대조해 보겠다고 나설 수밖에 없었다.

한윤철의 페이스에 말려든 것이라고 투덜거리면서도 박상규는 일주일에 세 번 정도 퇴근 시간 후, 서너 시간 정도 도움을 줬다.

그 덕에 1500장이 넘는 금융거래 정보 내역은 2백여 장만이 남아 있었다.

황금 같은 토요일이었지만 한윤철은 남은 금융거래 정보 내역을 살펴보기 위해 일찌감치 출근해 자료를 살펴보고 있었다.

"어우. 하루 종일 숫자만 봤더니만 눈 빠지겠네."

손을 들어 미간을 주무르며 한윤철은 나직이 중얼거렸다.

눈을 감고 있음에도 숫자가 계속 머릿속을 맴돌았다.

찬물로 세수라도 해야겠다는 생각을 하며 한윤철은 자리

에서 일어나 세면장으로 향했다.

"여어, 한 검. 오늘도 출근이야?"

간밤에 숙직을 서고 막 잠에서 깬 조직범죄과의 김호덕 검사가 목에 걸친 수건으로 얼굴의 물기를 닦으며 말을 걸었다.

한윤철은 피식 미소를 지으며 고개를 끄덕였다.

"뭐, 그런 거죠. 할 일이 많이 남아서요."

"우리 과도 요즘 야근만 계속하고 있는데 수고가 많아. 으허어. 불편한 자리에서 잠을 자서 그런가? 찌뿌드드 하구만."

길게 기지개를 켜던 김호덕 검사는 관절에 무리가 온 것인지 허리를 툭툭 치며 한윤철의 옆을 스쳐 지나쳤다.

한윤철은 문득 떠오른 생각을 말했다.

"그러고 보니 지난번에 중국 공안에 요청했다던 자료는 어떻게 됐습니까? 보내줍디까?"

"아아, 그거? 보내주기는 개뿔. 5년 전 인터폴 자료에서 업데이트된 게 하나도 없두만. 하여간 그놈의 조폭 새끼들 때매 아주 죽겠다니까. 그냥 좀 사이좋게 지내면 어디가 덧나? 여하튼 수고하라고."

"예. 김 검사님도 수고하십쇼."

김호덕 검사는 연신 투덜거리며 세면장을 나섰다.

커다란 몸집을 주체하지 못해 뒤뚱거리며 걷는 김호덕 검사의 뒷모습에 한윤철은 피식 미소를 지었다.

그 덕에 조금이나마 피로가 풀리는 것 같았다.

볼이 얼얼할 정도의 찬물로 세수를 하자 정신이 번쩍 들었다.

자신의 집무실로 돌아온 한윤철은 다시 자료를 차분히 살펴보기 시작했다.

꼬르륵!

갑자기 뱃속이 비명을 질러댔다.

고개를 들자 어느새 주위가 어둑어둑 해져 가고 있었다.

워낙에 집중해서 자료를 보고 있던 탓에 시간이 가는 줄도 모르고 있었다. 벽시계가 오후 5시를 가리키고 있었다.

아침도 안 먹고, 점심까지 걸렀으니 조금 이르지만 저녁이라도 먹어야겠다는 생각을 하며 한윤철은 천천히 몸을 일으켰다.

촤륵!

딴생각을 하고 있던 탓에 몸을 일으키던 중 아직 보지 못한 자료가 바닥에 후두둑 떨어졌다.

한윤철은 살짝 인상을 찌푸리며 구시렁댔다.

"아 놔."

한윤철은 한쪽 무릎을 꿇고 바닥에 흩어진 자료를 끌어모았다.

그러다 몇몇 종이에 인쇄되어 있는 두꺼운 글자 몇 개가 눈에 들어왔다.

명륜실업

분명 마약 밀매 사건 당시 수백 톤의 헤로인과 함께 불타
버린 중소기업이지 않던가.

중국 전통가구를 수입한다는 명목으로 그 안에 대량의 헤
로인을 은닉해 밀매하던 회사였다.

불과 몇 개월 전에 한윤철 자신이 맡았던 사건이었다.

그러고 보면 사건 축소의 압박을 받기 시작했던 것도 그 무
렵이었던 것 같았다.

한윤철은 그 자리에 무릎을 꿇고 앉은 채 명륜실업이 인쇄
되어 있는 종이만 골라냈다.

모두 스물한 장이었다.

명륜실업이 누군가의 계좌로 일정 금액을 입금한 내역이
었다.

예금주는 바로 올해 갓 대학에 입학 했다던 검찰총장의 아
들인 유영진이었다.

4년여 전부터 한 달에 한 번, 입금액은 천만 원씩 모두 쉰
두 번에 걸쳐 입금되어 있었다.

특이한 것은 은행 계좌를 개설한 본인이 아니라면 입출금

내역을 절대 알 수 없는 특수보안 계좌라는 것이었다.

만약 정식으로 거래 내역을 조회한다고 해도 알아낼 수 없는 종류의 계좌였다.

마태진의 해킹이 아니었다면 절대 발견할 수 없었을 것이다.

도합 5억이 넘는 돈이 명륜실업의 계좌에서 검찰총장의 아들이 개설한 특수보안 계좌로 이체되었다.

누가 보아도 뇌물의 목적임이 분명한 것이었다.

이것만으로는 부족했다.

헤로인 사건 당시, 한윤철은 명륜실업과의 관계를 꼬투리로 잡아 재단법인 진용과 구룡회를 압박하려 했다.

하지만 초일류 로펌의 변호인단을 고용한 진용을 옭아맬 수는 없었다.

뚜렷한 물증은 하나도 없었던 탓이었다.

이번에도 마찬가지였다.

일종의 범죄행위인 해킹으로 수집한 증거는 그 신뢰도가 거의 제로에 가까운 것이었다.

하지만 이것으로 확실해졌다. 검찰총장이 구룡회와 관련되어 있을지도 모르는 사건에 직접 개입해 적당한 선에서 종결시킨 이유가 바로 이것 때문이었다.

생각 같아선 검찰 전체에 금융거래 내역을 뿌려 버리고 싶었지만 참아야 했다.

괜한 짓을 했다가 역풍을 맞을 수도 있는 일이었으니.

가장 확실한 것은 역시 첸을 찾아 보호하며 그의 증언을 얻어내는 일이었다.

한동안 금융거래 내역을 주로 살펴봤지만 어느 정도 물증을 잡은 이상, 우선순위를 바꿔야 했다.

아직 남아 있는 금융거래 내역도 살펴봐야 하지만 첸의 행방을 찾는 것이 먼저였다.

그동안 쌓아 놓고 제대로 살펴보지 않은 각 공항과 항만의 출입국 기록을 살펴보고 밀입국 브로커들을 뒤져야 했다.

목표가 확실해지자 피로가 싹 가시는 것 같았다.

배고픔 따위는 이미 머릿속에서 말끔히 지워진 지 오래였다.

한윤철은 저도 모르게 히죽 미소를 지었다.

*   *   *

"시끄러운 도시로군."

"그러니 이 나라의 수도가 된 거겠지."

주위를 오가는 수많은 사람을 바라보며 평범한 인상의 사내는 미간을 찌푸렸다.

트렌치코트 사내가 조용히 대꾸했다.

한참을 그렇게 나란히 서서 인파를 뚫고 걸음을 옮기던 두 사람은 거의 동시에 걸음을 멈췄다.

하지만 두 사람의 시선은 서로 다른 방향을 보고 있었다.

평범한 인상의 사내는 조금 떨어진 골목 어귀에서 술에 취해 반쯤 헐벗은 여성을 건장한 덩치의 사내가 끌고 가는 것을 물끄러미 쳐다보고 있었다.

트렌치코트 사내는 그 반대편에서 짙은 피비린내와 희미한 숙주의 기운을 느끼고 있었다.

"먹잇감이다."

"숙주다."

두 사람은 거의 동시에 입을 열었다.

평범한 인상의 사내는 입꼬리를 말아 올리며 트렌치코트 사내를 바라보았다.

"혼자서도 처리할 수 있겠지? 혹시라도 방해꾼이 나타난다면 그때 불러라. 당장 달려가도록 하지."

"'그분'께서 뿌린 씨앗이 열매를 맺기 직전이다. '그분'을 위해서라면 숙주를 처리하는 게 먼저다."

"'그분'의 권속인 내가 강해지는 것도 '그분'을 위함이다."

그렇게 딱 잘라 말한 평범한 인상의 사내는 무어라 말리기도 전에 자신이 바라보던 골목 어귀를 향해 획, 하니 가버렸다.

절로 한숨이 흘러나왔다.

하지만 지체하고 있을 틈이 없었다.

열매를 맺기 직전의 숙주를 찾았으니 늦기 전에 수확해야 했다.

트렌치코트 사내는 나직이 한숨을 내쉬며 숙주의 기운이 느껴진 방향으로 걸음을 옮기기 시작했다.

"까악!"

여자의 비명이 귓가에 들려왔다.

천천히 걸음을 옮기는 평범한 사내의 양쪽 입꼬리가 말려 올라갔다.

만취한 사내의 거친 음성이 터져 나왔다.

"×발! 그 꼴을 하고 같이 술을 마셨으면 니년도 마음이 있었다는 거잖아! 근데 왜 마지막에 딴소리냐고, 왜!"

"흐흑! 이, 이거 놔요. 제발 보내줘요."

울먹이는 여자의 음성도 들려왔다. 만취한 사내의 흥분한 음성이 연이어 들려왔다.

"가긴 어딜 가, ×발! 내가 그냥 보내줄 줄 알아?"

찌익— 촤악—

"꺄악! 제발 이러지 마요. 어흐흑!"

옷이 찢어지는 소리와 함께 여자가 짧은 비명을 질렀다.

만취한 사내는 욕망에 가득 찬 음성을 토해냈다.

"얌전히 있으라고, ×년아! 조금만 있으면 자기가 알아서 좋다고 허리 흔들 년이……."

평범한 사내는 여전히 미소를 띤 채로 두 남녀의 목소리가 들려온 방향으로 다가갔다.

골목 끄트머리에서 고개를 왼쪽으로 돌리자 바닥에 주저앉아 눈물을 흘리고 있는, 거의 알몸이 된 여성과 그녀를 덮치려는 건장한 체격의 남성의 등이 눈에 들어왔다.

여성은 찢어진 옷을 끌어올려 억지로 드러난 맨살을 가리려고 했다.

하지만 욕정의 화신이 된 사내는 익숙한 손놀림으로 여성의 옷을 빠른 속도로 벗겨 갔다.

"여어. 나도 좀 끼워 주는 게 어때?"

평범한 사내는 서로 엉켜있는 두 사람과 눈을 마주 하려고 쪼그려 앉으며 웃는 얼굴로 말했다.

순간 사내가 움찔하며 굳었다.

천천히 고개를 돌리자 사내가 욕망으로 일그러진 눈빛을 뿜어내고 있었다.

저 정도로 순수한 성욕으로 가득 찬 눈빛이라니.

건장한 체격의 사내는 천천히 일어났다.

그냥 건장한 정도가 아니라 온몸에 근육이 꽉 들어찬 사내였다.

보통 사람이었다면 저도 모르게 움찔하며 뒷걸음질 칠 정도로 강해 보였다.

자신의 몸을 짓누르고 있던 건장한 체격의 사내가 몸을 일으키자 반라의 여성은 갈가리 찢긴 천 조각으로 드러난 맨살을 가리며 뒤로 물러났다.

다리에 힘이 빠져 제대로 움직일 수 없었지만 조금이나마 건장한 사내로부터 멀어질 수 있었다.

"×발! 뒤지고 싶지 않으면 꺼져!"

위협적인 외침이었다.

하지만 평범한 사내는 연신 빙글거리며 천천히 몸을 일으켰다.

그리곤 건장한 체격의 사내에게 다가가 한 걸음 앞에 섰다.

"날 어떻게 한다고?"

평범한 사내는 양쪽 입꼬리를 말아 올린 채 이죽거렸다.

건장한 사내는 왈칵 인상을 찌푸리며 콱 움켜쥔 주먹을 평범한 사내에게 휘둘렀다.

"뒤져라! 이 머저리 ×끼야!"

건장한 사내의 주먹이 막 평범한 사내의 얼굴을 후려치려는 찰나.

"잘 먹겠습니다."

나직한 외침과 함께 평범한 사내가 입을 쩍 벌렸다.

우득! 콰드득!

마치 고래 입처럼 믿을 수 없을 만큼 크게 벌어진 평범한 사내의 입은 건장한 사내의 머리와 상반신의 일부를 한번에 씹어 삼켰다.

파육음과 살점이 터져 나가는 소리가 들려왔다.

하반신과 상반신 약간만 남은 건장한 사내의 몸은 그대로 털썩 쓰러졌다.

터져 나온 피가 사방을 흠뻑 적셨다.

반라의 여성은 순간 자신의 눈앞에서 무슨 일이 벌어진 것인지 이해하지 못하는 얼굴이었다.

하지만 이내 맨살에 바닥을 적신 피가 닿자 퍼뜩 정신을 차리고는 비명을 질러댔다.

"꺄, 까아아아아아악ㅡ"

"시끄러. 너도 먹잇감이 될 테냐?"

어느새 여성의 바로 앞에 다가온 평범한 사내는 그대로 입을 벌려 여성의 발목 부근만 약간 남기고는 통째로 씹어 삼켰다.

와드득! 우득!

콰지직!

순식간에 두 사람의 목숨이 평범한 사내의 뱃속으로 사라졌다.

한참 동안 껌을 씹는 것처럼 입술을 오물거리던 평범한 사내는 퉤엣, 하고 무언가를 뱉어냈다.

어느 부위인지 알 수는 없었지만 뼈의 일부였다.

"쳇! 역시 여자는 별맛도 없군."

구시렁대면서 평범한 사내는 쓰러져 있는 건장한 사내의 하반신에 다가가 손을 뻗었다.

순간 바닥을 적신 붉은 핏줄기에서 검은 안개가 뿜어져 나오기 시작했다.

건장한 사내의 하반신을 감싼 검은 기운은 낮은 기음을 토해내며 점점 부피를 줄여 갔다.

평범한 사내가 주먹을 콱 움켜쥐자 건장한 사내의 시체를 감싼 검은 안개가 순식간에 축구공만 한 크기로 줄어들었다.

좌악―

검은 안개 틈새로 붉은 피가 사방으로 뿜어져 나왔다.

평범한 사내는 천천히 다가가 검은 안개의 구체를 집어 들었다.

지금껏 수많은 형태의 욕망을 먹잇감으로 삼아 왔지만 이렇게까지 순수하게 하나의 욕망으로 가득 찬 것은 처음이었다.

평범한 사내는 검은 안개의 구체를 자신의 심장 부근에 밀어 넣었다.

한순간 찌릿한 기분 좋은 느낌이 전해졌다.

왠지 모르게 몸도 훨씬 가벼워진 것 같았다.

평범한 사내는 한쪽 입꼬리를 슬며시 말아 올리며 중얼거렸다.

"오늘은 왠지 계속 먹잇감을 사냥하고 싶은 기분이 드는군 그래. 크크크."

자신의 힘을 키우기 위해 먹잇감을 찾는 데 열중하고 있는 평범한 사내와는 달리 트렌치코트 사내는 숙주의 기운을 뒤쫓고 있었다.

주위를 다니는 사람들이 너무 많아 자취가 빠른 속도로 희미해져 가고 있기는 했지만 그리 멀지 않은 곳에 있는 것은 확실했다.

"어디로 가는 거냐……?"

트렌치코트 사내의 걸음은 점점 인적이 드물고 어두운 곳으로 향했다.

숙주의 기운은 점점 뚜렷해져만 갔다.

한참을 그렇게 걸음을 옮기던 트렌치코트 사내는 어느새 주위에 아무도 없다는 것을 깨달은 순간 걸음을 멈췄다.

치칙—

근처 전신주에 매달린 낡은 가로등은 합선이라도 된 듯, 간 헐적으로 불꽃을 튀기며 깜빡였다.

트렌치코트 사내는 나직이 한숨을 내쉬며 천천히 입을 열 었다.

"모습을 드러내라."

트렌치코트 사내의 말이 신호라도 된 것일까. 순간 날카로 운 파공성이 귓가로 날아들었다.

스파곽—

트렌치코트 사내는 반걸음 뒤로 물러나며 상체를 뒤로 슬 쩍 젖혔다.

그리고는 정면을 향해 슬쩍 손을 뻗었다.

퍼억—

"크악!"

묵직한 타격음이 터져 나왔다.

트렌치코트 사내를 향해 공격해 들어간 숙주가 비명을 지 르며 나가떨어졌다.

그대로 바닥에 호되게 부딪친 숙주는 몇 바퀴나 데굴데굴 굴러간 후에야 벌떡 일어났다.

숙주는 시커먼 기운을 온몸으로 뿜어내고 있었다.

숙주의 모습을 확인한 트렌치코트 사내는 입꼬리를 살짝

말아 올리며 천천히 숙주에게 다가갔다.

트렌치코트 사내가 한 걸음 내딛을 때마다 압도적인 기운이 몸에서 흘러나오기 시작했다.

숙주는 본능적인 위기감을 느끼고 슬금슬금 뒤로 물러나려 했다.

트렌치코트 사내가 조용히 입을 열었다.

"거기 서라."

순간 숙주는 마치 돌이라도 된 것처럼 덜컥 멈춰 섰다.

트렌치코트 사내는 그 바로 앞에 멈춰 섰다. 그리곤 숙주를 향해 손을 뻗었다.

우드득, 콰득!

트렌치코트 사내의 손이 숙주의 가슴 깊숙이 파고들었다.

하지만 숙주는 마취라도 된 듯 아무런 통증도 느끼지 못하는 것 같았다.

트렌치코트 사내는 허연 김을 뿜어내며 펄떡이는 숙주의 심장을 맨손으로 뽑아냈다.

대량의 피가 허공으로 쏟아져 내렸다. 심장을 잃은 숙주의 몸은 그대로 힘없이 쓰러졌다.

트렌치코트 사내는 여전히 펄떡이는 숙주의 심장을 허공으로 들어 올렸다.

심장을 쥔 손에 힘을 주자 뾰족한 것에 찔린 풍선처럼 심장이 터져 나갔다.

그와 동시에 사방을 흠뻑 적신 숙주의 피가 소용돌이치며 트렌치코트 사내의 손아귀로 모조리 빨려 들어갔다.

"후우— 성공이로군."

트렌치코트 사내는 한숨을 내쉬며 나직이 중얼거렸다.

조금 전까지 숙주의 심장을 쥐고 있던 트렌치코트 사내의 손바닥에는 유리구슬 정도 크기의 검붉은 구체가 놓여 있었다.

마정구(魔精球).

인간을 숙주로 한 악마의 기운이 여러 단계의 각성을 거쳐 이루어낸 순도 높은 마(魔)의 정수(精髓)였다.

트렌치코트 사내는 회수한 마정구를 자신의 품속에 고이 갈무리하고는 천천히 돌아섰다.

순간 자신을 바라보고 있는 한 낯선 사내와 눈이 마주쳤다.

트렌치코트 사내의 눈썹이 꿈틀했다.

*　　　*　　　*

"역시 아무것도 없잖아요."

신유진은 투덜거리며 핸들을 꺾었다.

원래 김포공항 인근을 살펴볼 예정이었다.

하지만 정찬혁이 뜬금없이 강남을 살펴봐야 한다고 주장했다.

이미 한참 전에 차가 다니지 못하는 길을 빼고는 샅샅이 지나다녔던 강남 일대였다.

소용없을 거라고 했지만 정찬혁이 워낙에 강하게 주장하는 바람에 신유진은 어쩔 수 없이 강남으로 향하는 수밖에 없었다.

무작정 강남 인근을 돌아다닌 지 벌써 세 시간이 넘도록 탐지기는 아무런 반응도 없었다.

신유진이 투덜거리는 것도 당연한 일이었다.

정찬혁은 아무런 대꾸도 하지 않고 가만히 조수석에 몸을 누이고 있었다.

삐빅―

막 압구정 인근을 지날 때였다. 갑자기 탐지기가 비프음을 토해냈다.

기다렸다는 듯 정찬혁이 번쩍 눈을 뜨고 상체를 일으켰다.

탐지기의 왼쪽 구석에서 붉은빛이 깜빡였다.

숙주가 나타났다는 뜻이었다.

신유진이 브레이크를 밟기도 전에 정찬혁은 그대로 문을 박차고 달려나갔다.

"어엇! 조심해요, 찬혁 씨!"

정찬혁의 갑작스러운 행동에 당황한 신유진이 소리쳤다.

하지만 이미 정찬혁의 모습은 주위를 오가는 인파 사이로 완전히 사라져 버린 후였다.

신유진은 도로 가에 차를 세우고 가만히 탐지기를 바라보았다.

숙주는 빠른 속도로 골목 여기저기를 움직이고 있었다. 얼마 지나지 않아 숙주의 움직임이 멎었다.

그런데.

"어엇! 이, 이게 대체?"

신유진은 놀란 눈으로 신음하듯 중얼거렸다.

숙주의 위치를 알려주는 붉은빛이 갑자기 사라져 버린 탓이었다.

탐지 범위를 벗어난 것은 아니었다.

말 그대로 사라져 버린 것이다. 순간 불길한 예감이 머릿속을 스쳤다.

'설마……?'

신유진은 급히 차에서 내렸다.

탐지 범위 내에서 갑작스레 사라져 버린 숙주의 기운. 누군가 악마의 기운을 회수했다는 뜻이기도 했다.

그렇다는 것은…….

까득 입술을 깨물며 신유진은 급히 숙주가 사라진 방향으로 내달렸다.

　타타탓!

　눈에 보이는 희미한 숙주의 자취를 쫓아 정찬혁은 사람들 사이를 빠른 속도로 달려나갔다.

　걸음을 옮기며 품속에서 꺼낸 글록에 이블 불릿을 장전하려던 정찬혁은 순간 멈칫했다.

　그리곤 저도 모르게 대권속탄(對眷屬彈)을 장전했다. 기이한 예감이 머릿속을 스친 탓이었다.

　거미줄처럼 이어진 골목을 지나 정찬혁은 탐지기가 표시한 위치 근처에 닿았다.

　걸음을 멈춘 정찬혁은 글록을 들고는 천천히 주위를 둘러보았다.

　아무래도 숙주가 조금 더 이동한 모양이었다. 정찬혁은 다시 걸음을 옮기기 시작했다.

　얼마 지나지 않아 합선으로 고장 난 가로등이 껌뻑이고 있는 어두운 골목에 닿았다.

　간헐적인 가로등 빛 사이로 한 사내의 모습이 눈에 들어왔다. 숙주는 아니었다.

　검은색 트렌치코트를 입고 있는 기이한 분위기의 사내였다.

트렌치코트 사내는 무언가를 자신의 품속에 갈무리하고
있었다.

순간 트렌치코트 사내의 주위에 있는 시뻘건 고기조각이
정찬혁의 눈에 비쳤다.

점점 사라져 가고 있었지만 숙주의 기운이 희미하게 느껴
졌다.

'대체 어떻게 된 거지?'

영문을 알 수 없는 노릇이었다.

순간 천천히 돌아선 트렌치코트 사내와 눈이 마주쳤다. 두
사람은 거의 동시에 입을 열었다.

"누구냐?"

"누구지……?"

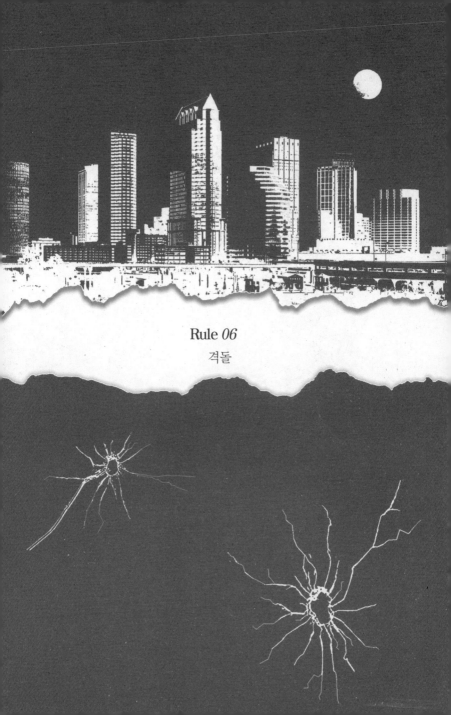

Rule *06*

격돌

정찬혁과 트렌치코트 사내, 두 사람의 눈빛이 허공에서 얽혔다.

　서로에 대한 의문에 대답 대신 침묵이 흘렀다.

　하지만 정찬혁은 트렌치코트 사내의 정체를 알 수 있을 것 같았다.

　먼저 침묵을 깬 것은 트렌치코트 사내였다.

　"인간이… 아니로군."

　피식 미소를 지으며 정찬혁이 대답했다.

　"피차 마찬가지 아닌가?"

또다시 잠깐의 침묵이 찾아왔다. 이번에 먼저 입을 연 것은 정찬혁이었다.

"그의 권속… 이로군."

"방해꾼이었군."

뒤이어 트렌치코트 사내가 말했다.

순간 팽팽한 긴장감이 두 사람 사이에 흐르기 시작했다.

정찬혁은 천천히 대권속탄이 장전된 글록을 들어 올렸다.

트렌치코트 사내가 눈썹을 꿈틀했다.

"우습군. 인간의 무기가 내게 통할 거라고 생각하나?"

트렌치코트 사내의 말에 정찬혁은 저도 모르게 입꼬리를 살짝 말아 올렸다.

"글쎄. 내 건 다른 것과는 다르게 좀 많이 아플지도 몰라."

말을 마침과 동시에 정찬혁은 눈곱만큼의 망설임도 없이 방아쇠를 당겼다.

타앙!

총성과 함께 총구가 불꽃을 뿜었다.

트렌치코트 사내는 피하지 않고 그대로 몸으로 받아낼 생각이었다.

하지만 찰나의 순간, 무언가 이상함을 느끼고는 급히 몸을 피하려 했다.

하지만 날아드는 총탄을 피하기에는 조금 늦은 판단이었다.

"큭!"

총구를 벗어난 대권속탄은 그대로 트렌치코트 사내의 왼쪽 어깨에 틀어박혔다.

시뻘겋게 달궈진 쇠꼬챙이가 몸속으로 파고드는 것 같은 충격에 트렌치코트 사내는 저도 모르게 신음을 토해냈다.

'효과가 있군.'

비틀거리는 트렌치코트 사내의 모습에 정찬혁은 반신반의하고 있던 대권속탄의 효과를 확신할 수 있었다.

정찬혁은 그대로 트렌치코트 사내에게 달려들며 연이어 방아쇠를 당겼다.

탕! 타탕!

비틀거리던 트렌치코트 사내는 크게 인상을 찌푸린 채 날아드는 대권속탄을 모두 피해냈다.

정찬혁과 트렌치코트 사내, 두 사람은 인간의 반응속도를 아득히 추월한 움직임을 보이고 있었다.

대권속탄을 두 발 더 쏜 정찬혁은 이내 글록을 갈무리하고 핸드나이프를 꺼내 들었다.

근처에 다른 권속이 있을지도 모르는 일이니, 탄창 하나밖에 없는 대권속탄을 마구잡이로 쏠 수는 없는 일이었다.

핸드나이프의 날카로운 칼날이 깜빡이는 가로등의 빛을 반사시켜 번뜩였다.

으득ー!

트렌치코트 사내는 부러져라 이를 악물었다. 이상하게도 기운이 제대로 모이지 않았다.

총에 맞은 왼쪽 어깨에서부터 빠른 속도로 기운이 빠져나가고 있었다.

불에 덴 듯 지독한 통증은 덤에 불과했다.

총에 맞은 지 고작해야 채 1분도 지나지 않았는데 왼팔을 들어 올릴 수가 없었다.

몸이 점점 굳어가고 있는 것 같았다.

'이게 대체⋯⋯?'

고통이라는 낯선 감정을 느끼며 트렌치코트 사내는 적잖이 당황하고 있었다.

상황이 이렇게 된 것은 자신이 방심한 탓이었다.

상대는 인간에게 깃든 악마의 기운을 회수할 수 있는 능력을 지닌 방해꾼이었다.

그런 자가 들고 있는 권총을 인간이 만들어낸 보통의 것으로 치부해 버리다니.

치명적인 실수였다.

트렌치코트 사내는 자신의 상태를 냉정하게 파악했다.

총에 맞은 어깨에서부터 몸의 마비가 진행되고 있는데다 기운이 점점 빠져나가고 있었다.

무리를 한다면 방해꾼을 어찌어찌 쓰러뜨릴 수 있을 것 같긴 했지만 자신도 무사하지 못할 거라는 확신이 들었다.

굳이 혼자서 방해꾼을 상대할 필요는 없었다.

어차피 근처에 자신의 동료가 있지 않던가.

방해꾼을 확실히 처리하려면 우선 이 자리를 빠져나가는 것이 먼저였다.

트렌치코트 사내는 자신에게 날아드는 날카로운 칼날을 피하면서 천천히 남은 기운을 손끝에 끌어모았다.

파팟!

순간 방해꾼의 칼날이 트렌치코트 사내의 목덜미를 노리고 날아들었다.

트렌치코트 사내는 고개를 살짝 꺾어 칼날을 피하는 것과 동시에 손끝에 모인 기운을 방해꾼을 향해 방출했다.

퍼억-!

"컥!"

둔탁한 타격음과 함께 방해꾼이 짧은 신음을 터뜨리며 뒤로 미끄러지듯 주륵 튕겨 나갔다.

트렌치코트 사내도 무사하지는 않았다.

트렌치코트 사내가 찌르기를 피하자 방해꾼은 순식간에

베기로 전환해 목덜미에서 가슴 언저리까지 길게 베어 버렸다.

찢어진 상처에서 피가 흘러 나왔다.

하지만 총에 맞았을 때와는 달리 별다른 고통은 느껴지지 않았다.

흘러내리는 피가 앞섶을 흥건하게 적셨다.

방해꾼이 비틀거리며 몸을 일으키고 있었다.

트렌치코트 사내는 망설임없이 상대를 피해 몸을 날렸다.

"기다려라! 곧 다시 오겠다!"

"큭!"

반쯤 굳은 진득한 피가 입가에서 터져 나왔다.

정찬혁은 비틀거리며 몸을 일으켰다.

빠른 속도로 시야에서 사라지는 트렌치코트 사내의 뒤를 쫓을 여유가 없었다.

트렌치코트 사내의 마지막 공격에 정찬혁은 뱃속이 갈가리 찢기는 통증을 느꼈다.

토해내는 피 속에 살점 조각이 보이는 걸로 보아 내장이 찢겨진 것 같았다.

충격은 그뿐만이 아니었다.

상반신 전체가 펄펄 끓는 물에 뛰어든 것처럼 뜨거웠다.

피가 증발되어 붉은 안개가 주위에 서릴 정도였다.

억지로 몸을 일으키긴 했지만 더 이상 움직일 힘이 없었다.

정찬혁은 비틀거리며 벽에 등을 기댔다.

이상한 일이었다.

주기적으로 찾아오는 지독한 통증과 간헐적인 두통 외에는 지금껏 어떤 고통도 느낀 적이 없는 정찬혁이었다.

그런데 지금 느껴지는 통증은 무어란 말인가.

답은 금방 찾을 수 있었다.

자신이 상대한 것은 보통의 인간이 아닌 권속이었다.

그자의 기운이 정찬혁의 몸에 영향을 끼쳤다고밖에는 다른 답은 나오지 않았다.

정찬혁은 씁쓸한 미소를 지으며 중얼거렸다.

"어쩌면 또 죽을지도 모르겠군그래."

"찬혁 씨! 어디에요?"

조금 떨어진 곳에서 신유진의 낮은 외침이 들려왔다.

대답할 기운도 없었다.

정찬혁은 길게 한숨을 내쉬며 밀려오는 통증을 감내했다.

조금씩이지만 통증이 가라앉기 시작했다.

어느 정도 움직일 수 있게 된 정찬혁은 신유진의 목소리가 들려온 방향으로 천천히 걸음을 옮기기 시작했다.

문득 바닥에 떨어져 있는 검붉은 구슬이 눈에 들어왔다.

조금 전 트렌치코트 사내가 품속에 갈무리하던 것이었다.

정찬혁이 트렌치코트 사내의 앞섶을 가른 탓에 바닥에 떨어진 것 같았다.

정찬혁이 손을 뻗어 검붉은 구슬을 집어 든 순간, 신유진이 소리치며 다가왔다.

"찬혁 씨! 괜찮아요?"

정찬혁은 그저 가만히 고개를 끄덕였다. 신유진의 말이 이어졌다.

"혹시 '그의 권속'을 만나지 않았어요?"

"어떻게 그걸……?"

"역시 그랬었군요. 찬혁 씨가 뛰쳐나간 직후에 갑자기 숙주의 기운이 탐지기에서 사라져 버렸어요. 숙주가 탐지 영역을 벗어난 것도, 찬혁 씨가 기운을 회수한 것도 아니라면 답은 하나밖에 없잖아요."

"그렇군."

정찬혁은 힘없이 고개를 끄덕였다.

정찬혁의 상태가 조금 이상하다는 것을 눈치챈 신유진이 걱정스러운 얼굴로 물었다.

"괜찮은 거예요?"

정찬혁은 글록을 꺼내 들고는 고개를 끄덕였다.

"생각보다 훨씬 효과가 좋더군. 덕분에 최악만은 면했다. 하지만……."

"하지만…?"

순간 정찬혁의 눈빛이 날카롭게 번쩍였다.

신유진은 저도 모르게 움찔하며 한 걸음 뒤로 물러났다.

정찬혁이 천천히 입을 열었다.

"여기서 피해라. 놈이 곧 다시 들이닥칠 거다."

"뭐라고요?"

"아마도 제 동료를 데리고 올 거다. 위험하니 빨리 피해라."

"찬혁 씨는요?"

"놈들을 상대해야지."

정찬혁은 날카로운 눈빛을 뿜어내며 중얼거렸다.

신유진이 고개를 내저으며 말했다.

"같이 가요. 굳이 지금 상대하지 않아도 곧 다시 만날 수 있을 거예요. 지금 찬혁 씨 상태도 그리 좋지 않잖아요."

"아니. 지금 놈들을 쓰러뜨리지 않으면 앞으로 더욱 힘들어질 거다. 그렇지 않나?"

정찬혁의 날카로운 물음에 신유진은 순간 말문이 막혔다.

정찬혁의 말이 조용히 이어졌다.

"앞으로 얼마나 더 많은 권속을 상대해야 할지 모르는 일이다. 그런데 이렇게 처음부터 놈들을 피한다는 건 그냥 포기하겠다는 거나 마찬가지다. 그러고 싶은 거냐?"

신유진은 아무 말도 할 수 없었다.

정찬혁의 말이 옳았다. 자신이 알고 있는 그의 권속들은 모두 아홉.

그들이 모두 나타난다면 악마의 기운을 회수하기란 불가능에 가까웠다.

어쩔 수 없는 일이었다.

"알겠… 어요. 하지만……."

"하지만?"

"하나만 약속해 줘요. 제발 죽지 말아요."

"노력해 보지."

정찬혁의 무심한 대답에 신유진은 저도 모르게 뭉클했다.

발이 떨어지지 않았지만 자신이 있으면 정찬혁에게 방해만 될 뿐이었다.

신유진은 힘겨운 걸음을 내딛었다.

"잠깐!"

정찬혁의 낮은 외침에 신유진은 그 자리에 멈춰 섰다.

고개를 돌리자 정찬혁이 무언가를 자신에게 휙, 던졌다.

움찔하며 날아든 물건을 받아 들었다. 기이한 느낌을 주는 검붉은 구슬이었다.

고개를 갸웃거리는 신유진의 귓가에 정찬혁의 조용한 음성이 흘러들었다.

"놈이 떨어뜨리고 간 물건이다. 품속에 갈무리한 걸 보니 중요한 물건인 것 같더군."

신유진은 붉은 구슬을 조심스레 주머니에 넣고는 다시 걸음을 옮기기 시작했다.

빠른 속도로 멀어져 가는 신유진의 모습을 바라보며 정찬혁이 소리쳤다.

"두 시간이 지나도 내가 돌아가지 않으면 다시 이곳으로 찾아와라."

*　　　*　　　*

평범한 사내는 만족스러운 미소를 지었다. 확실히 대도시라 다르긴 달랐다.

먹잇감으로 삼기에 충분한, 어두운 욕망 덩어리들이 발에 채일 정도로 많았다.

그 덕에 짧은 시간이었지만 배를 가득 채울 수 있었다.

이런 식이라면 계속해서 힘을 키워 갈 수 있을 것 같았다.

그때였다.

"여기 있었군."

등 뒤에서 들려온 익숙한 음성에 평범한 사내는 고개를 돌렸다.

트렌치코트 사내가 자신을 가만히 바라보고 있었다.

그런데 이상했다.

목소리가 파르르 떨리고 쇠약해져 있었다. 다가오는 걸음걸이가 몸이 굳기라도 한 듯 이상했다.

"무슨 일이냐?"

평범한 사내의 바로 앞에서 걸음을 멈춘 트렌치코트 사내가 얼굴을 크게 일그러뜨리며 천천히 입을 열었다.

"방해꾼을… 만났다."

"그래서?"

"당했다. 놈에게는 우리를 상대할 수 있는 수단이 있는 모양이더군. 함께 가줘야겠다. 놈을 쓰러뜨리려면 지금뿐이다."

평범한 사내의 입꼬리가 살짝 말려 올라갔다.

안 그래도 늘어난 힘을 시험해 볼 상대가 필요하다고 생각하던 참이었다.

평범한 사내는 기다렸다는 듯 고개를 끄덕였다.

"어디냐?"

트렌치코트 사내는 대답 대신 돌아서서 걸음을 옮기기 시작했다.

*　　　*　　　*

통증은 완전히 가셨다.

하지만 움직일 때마다 미묘한 이물감이 느껴졌다.

그리 큰 문제는 아니었지만 권속들과의 일전을 앞둔 상황이라 조금 신경이 쓰였다.

정찬혁은 나직이 한숨을 내쉬며 글록을 점검했다.

남은 대권속탄은 모두 12발.

한 발도 허투루 낭비해서는 안 된다.

우선은 핸드나이프로 상대하면서 절호의 기회가 생기면 방아쇠를 당겨야만 했다.

핸드나이프의 효과는 생각보다 미미해 보였지만 대권속탄을 무한정으로 사용할 수 없는 상황이었으니 어쩔 수 없는 선택이었다.

철컥—

순식간에 분해 조립을 끝낸 글록을 다시 품속에 갈무리한 정찬혁은 천천히 몸을 일으켰다.

언제 나타난 것인지 어둠 속에 두 사람의 인영이 보였다.

하나는 조금 전 자신이 상대했던 트렌치코트의 사내, 다른 하나는 별다른 특징이 없는 평범한 인상의 사내였다.

트렌치코트의 사내가 한 걸음 앞으로 나섰다.

움직임으로 보아 몸의 반신을 제대로 움직이지 못하는 것 같았다.

대권속탄 때문일 거라는 생각을 하며 정찬혁은 입꼬리를 말아 올렸다.

"달아나지 않았군."

트렌치코트 사내가 입을 열었다. 정찬혁은 가만히 자신의 앞에 선 두 사람을 바라보며 고개를 끄덕였다.

"너희를 쓰러뜨릴 기회가 쉽게 오진 않을 것 같아서. 너희 둘뿐인가?"

"적을 앞에 두고 무슨 잡담이 그리 많아? 네놈은 내가 상대 해 주겠다. 이 녀석은 그냥 구경꾼이야."

평범한 인상의 사내가 표정을 찌푸리며 신경질적으로 소리쳤다.

무표정한 얼굴이었지만 정찬혁은 상대가 둘밖에 없다는 것에 적잖이 안심했다.

게다가 하나는 대권속탄 덕분에 제대로 움직일 수 없는 상태였다.

만약 권속이 셋 이상이었다면 정찬혁은 확실한 세 번째 죽음을 맞이하게 되었을 것이다.

하지만 둘, 그것도 하나는 온전히 전력을 다하지 못하는 상황이라면 충분히 상대할 만했다.

정찬혁은 왼손에 글록을 쥐고, 오른손에는 핸드나이프를 쥐었다.

나이프라면 몰라도 사격만큼은 오른손과 왼손의 기량 차이는 없었다.

"무슨 소리냐? 아까도 말했지만 우릴 상대할 수단을 지닌 자다. 혼자서는 위험하다."

"그거야 네 녀석이 멍청해서 당한 거다. 물러나서 내가 방해꾼 놈을 어떻게 쓰러뜨리는지 잘 봐라!"

버럭 소리치며 평범한 인상의 사내가 정찬혁을 향해 몸을 날렸다.

트렌치코트 사내를 향해 대권속탄을 쏘려던 정찬혁은 갑작스레 날아드는 평범한 사내의 공격에 움찔하며 뒷걸음질 쳤다.

타앙—

반사적으로 방아쇠를 당겼다.

하지만 평범한 사내의 움직임은 그보다 훨씬 빨랐다.

순식간에 정찬혁의 품속으로 파고든 평범한 사내는 팔꿈치로 턱을 올려치려 했다.

왼발을 축으로 빙글 몸을 돌려 공격을 피한 정찬혁은 평범한 사내의 손목을 콱 움켜쥐고는 팔꿈치를 후려쳤다.

빠악!

둔탁한 타격음이 터져 나왔다.

하지만 평범한 사내는 별다른 충격을 받은 것 같지 않았다.

씨익 입꼬리를 말아 올리며 평범한 사내는 엄청난 힘으로 정찬혁의 손을 떨쳐냈다.

동시에 불길한 기운을 머금은 수도가 정찬혁의 명치를 향해 날아들었다.

파캉!

정찬혁은 급히 핸드나이프를 뻗어 공격을 막았다.

맨손과 칼날이 부딪친 것이었지만 커다란 쇳소리가 터져 나왔다.

평범한 사내는 날카로운 수도로 쉬지 않고 연속 공격을 했다.

핸드나이프로 상대의 공격을 막으며 정찬혁은 연신 뒷걸음질 쳐야 했다.

어느새 벽에 등이 닿았다.

더 이상 물러날 곳이 없었다. 불길한 기운을 머금은 날카로운 수도가 좌우에서 정찬혁을 향해 날아들었다.

정찬혁은 벽을 박차고 날아올랐다.

쾅! 콰쾅!

평범한 사내의 수도는 커다란 폭음과 함께 그대로 두꺼운 벽을 꿰뚫었다.

정찬혁은 허공에서 빙글 공중제비를 돌아 사방으로 비산하는 파편을 쳐 내며 등을 보인 평범한 사내를 향해 총구를 내뻗었다.

타탕—!

날카로운 총성과 함께 총구가 불꽃을 뿜어냈다.

하지만 눈 깜짝할 사이에 평범한 사내의 모습이 정찬혁의 시야에서 사라졌다.

'아홉 발 남았군.'

속으로 남은 대권속탄을 세며 정찬혁은 바닥에 착지했다.

순간 폭발로 인한 자욱한 먼지를 뚫고 평범한 사내가 달려들었다.

퍼어억—

"크헉!"

맹렬한 기세로 달려드는 평범한 사내의 육탄공격을 정찬혁은 미처 피하지 못하고 몸으로 받아내야 했다.

절로 신음이 터져 나왔다. 간신히 가라앉았던 통증이 밀려오기 시작했다.

슈우우—

참을 수 없는 열기가 온몸에서 치솟았다.

피가 증발된 붉은 안개가 피어오르기 시작했다.

정찬혁은 검게 죽은 진득한 피를 토해내며 천천히 몸을 일으켰다.

눈앞이 흐릿했다. 낮은 파공성이 들려왔다.

파파팍!

날아드는 공격을 도저히 피할 수 없었다.

평범한 인상의 사내는 입꼬리를 말아 올리며 날카로운 수도로 정찬혁의 몸을 난자했다.

팍! 파파팍!

옷이 찢어지고 살이 베였다.

살점이 튀고 검게 굳어가는 진득한 피가 터져 나왔다.

정찬혁은 꼼짝도 할 수 없었다.

온몸을 녹일 듯 타오르는 열기가 치밀어 올랐다.

깊이 베인 어깨가 금방이라도 떨어져 나갈 듯 덜렁거렸다.

상반신을 뒤덮고 있는 시커먼 기운도 거의 잘려 나간 어깨를 회복시키지는 못했다.

정찬혁은 그 자리에 힘없이 털썩 무릎을 꿇었다. 핸드나이프가 힘없이 바닥에 떨어졌다.

땡강!

평범한 사내의 수도를 막느라 잘 벼려진 칼날은 듬성듬성 이가 나가 톱니처럼 변해 있었다.

정찬혁이 무릎을 꿇자 쉬지 않고 이어지던 공격이 멎었다.

평범한 인상의 사내는 입꼬리를 말아 올린 채 정찬혁을 내려다보았다.

"이거야 원… 준비운동도 안 되겠군. 잔뜩 기대했더니."

자신의 강함을 시험해 볼 좋은 기회라고 생각했던 평범한 사내는 쯧, 하고 혀를 찼다.

정찬혁은 아무런 반응도 없었다.

그저 파르르 몸을 떨고 있을 뿐이었다.

몸속에서 치솟은 열기로 인해 정찬혁의 몸은 피가 증발한 붉은 안개로 둘러싸였다.

평범한 인상의 사내는 손끝에 맺힌 기운을 거둬들이며 정찬혁의 이마를 툭 밀쳤다.

털썩!

정찬혁은 아무런 저항도 하지 못하고 그대로 쓰러졌다.

정찬혁의 의식은 이미 끊어진 후였다.

평범한 인상의 사내는 히죽 미소를 지으며 천천히 돌아서서 트렌치코트 사내에게 말을 걸었다.

"고작 이런 녀석에게 당한 거냐? 네놈도 참 한심하군."

"그, 그건……!"

무어라 변명을 하려던 트렌치코트 사내는 아무 말도 하지 못하고 눈을 휘둥그레 크게 치켜떴다.

천천히 다가가던 평범한 인상의 사내는 트렌치코트 사내의 대경실색한 표정에 고개를 갸웃했다.

"왜 그러는 거……."

질문을 던지려던 평범한 인상의 사내는 등 뒤에서 불어오는 후끈한 바람에 고개를 돌렸다.

순간 자신을 향해 길게 드리워진 누군가의 그림자와 함께 날카로운 총성이 귓가로 날아들었다.

타아앙―!

*　　*　　*

차로 돌아온 신유진은 아무것도 하지 못하고 그저 기다릴 수밖에 없는 자신의 무기력함을 탓했다.

자신의 목적을 이루기 위해서라지만 정찬혁에게 원치 않는 많은 짐을 지게 한 것이 못내 마음에 걸렸다.

"제발… 죽지 말아요."

신유진은 연신 그렇게 중얼거렸다.

이번에도 쓰러진다면 세 번째 기회는 절대 없을 거라는 것을 신유진은 어렴풋이 알 수 있었다.

지금까지 회수한 이블 불릿을 모두 사용한다 해도 불가능할 것이다.

정찬혁을 두 번째로 죽음의 늪에서 건져 냈을 때부터 이미 알고 있었다.

애써 모른 척하고 있었을 뿐.

안 그래도 지금의 정찬혁은 언제 무너질지 모르는 모래성 같은 상황이었다.

누적되는 피로감과 시도 때도 없이 찾아오는 현기증은 신체의 불안정함 때문이었다.

이블 불릿에 담긴 악마의 기운이 정찬혁의 신체가 무너지지 않게 강제로 형태를 유지해 주고 있는 것이다.

그 때문에 정찬혁이 아무리 악마의 기운을 회수해도 상반신의 시커먼 기운이 줄어들지 않았다.

새로운 생명을 얻을 기회는 처음이자 마지막인, 단 한 번의 기회였던 것이다.

모든 것을 알고 있으면서도 신유진은 사실대로 말할 수 없었다.

아니, 자신의 목적을 이루기 위해 말하지 않은 것이었다.

정찬혁의 도움이 없었다면 악마의 기운을 이렇게나 빠른 속도로 회수할 수 없었을 테니.

어쩌면 지금 정찬혁의 죽음을 바라지 않는 것도 걱정해서가 아니라, 자신의 목적 때문일지도 몰랐다.

신유진은 자신의 마음을 확신할 수 없었다.

하지만 그럼에도 정찬혁의 죽음을 바라지 않는 것은 진심이었다.

우우웅—

그때였다.

주머니에서 작은 떨림이 느껴졌다.

핸들에 머리를 묻고 연신 중얼거리던 신유진은 저도 모르게 어깨를 움찔하며 주머니에 든 것을 꺼냈다.

정찬혁이 중요한 것일지도 모른다며 건네준 검붉은 구슬이었다.

아무 생각 없이 주머니에 넣은 터라 지금껏 제대로 살펴보지 않았었다.

신유진은 희미한 빛을 발하며 파르르 진동하는 검붉은 구슬을 가만히 바라보았다.

어쩐지 악마의 기운을 봉인한 이블 불릿과 비슷하면서도 조금은 다른 느낌이 들었다.

이블 불릿이 악마의 기운을 봉인한 것이라면 검붉은 구슬은 악마의 기운을 최대한으로 응축한 것 같았다.

마정구.

무의식적으로 떠오른 단어였다.

검붉은 구슬에 잘 어울리는 단어였다.

신유진은 한참 동안이나 가만히 검붉은 구슬, 마정구를 멍하니 바라보았다.

마정구를 가득 채우고 있는 검붉은 기운은 거의 보이지 않을 정도로 천천히 움직이고 있었다.

마정구가 진동하는 것은 검붉은 기운이 움직이고 있기 때문이었다.

마정구의 진동은 점점 강해졌다.

희미하던 빛도 이제는 작은 손전등 정도로 강해졌다.

진동은 마정구를 올려놓은 손바닥이 덜덜 떨릴 정도였다.

그때였다.

무언가 툭, 하고 끊어지는 것 같은 느낌과 함께 마정구의 떨림이 멎었다.

차 안을 밝히던 붉은빛도 언제 그랬냐는 듯 사라져 버렸다.

순간 불길한 예감이 덮쳐왔다.

신유진은 마정구를 꽉 움켜쥔 채 밖으로 나왔다. 불길한 예감은 점점 커져만 갔다.

정찬혁은 두 시간이 지나도 돌아오지 않으면 찾아오라고

말했었다.

시간은 아직 채 30분도 지나지 않은 채였다.

가야만 했다.

지금 가지 않으면 안 된다는 생각이 들었다.

신유진은 고민하듯 아랫입술을 꽉 깨물었다.

하지만 이내 신유진은 망설임을 버리고 빠른 속도로 걸음을 옮기기 시작했다.

*　　*　　*

"크악!"

평범한 사내의 얼굴이 고통으로 크게 일그러졌다.

믿을 수 없다는 듯 찢어져라 크게 치켜떠진 눈은 자신에게 총구를 내밀고 있는 정찬혁에게로 향해 있었다.

정찬혁은 아무런 의식이 없었다.

아니, 의식은커녕 눈곱만큼의 생명력도 느껴지지 않았다.

그저 온몸을 녹여 버릴 것 같은 엄청난 열기만이 가득할 뿐이었다.

평범한 사내는 고통으로 일그러진 얼굴로 비틀거리며 몇 걸음 뒤로 물러났다.

다시 한 번 총구가 불꽃을 뿜었다.

타아앙—

평범한 사내의 오른쪽 다리가 터져 나갔다.

타앙!

사내의 왼팔이 찢겨 나갔다.

탕!

왼쪽 무릎이 박살 나며 평범한 사내가 풀썩 쓰러졌다.

팔다리를 잃은 평범한 사내는 남은 오른팔로 벌레처럼 바닥을 기어가려 했다.

타탕—!

총성과 함께 남은 오른팔마저 날아가 버렸다.

평범한 사내는 더 이상 평범하지 않았다.

제 맘대로 움직이지도 못하고 그저 몸을 꿈틀댈 뿐이었다.

참을 수 없는 지독한 통증이라는 낯선 감각에 평범한, 아니 이제는 평범하지 않은 사내는 목청이 찢어져라 비명을 토해 냈다.

"크, 크아아아아악—!"

기운을 끌어모아 저항할 생각은 조금도 하지 못했다.

아니, 할 수 없었다.

사지가 터져 나간 고통만이 머릿속 가득할 뿐이었다. 총구가 사내의 미간으로 향했다.

탕!

사내의 머리가 수박처럼 터져 나갔다.

트렌치코트 사내는 자신의 동료가 무력하게 소멸되어 가는 모습을 넋 나간 얼굴로 지켜보았다.

도무지 무슨 일이 벌어지고 있는 것인지 이해할 수 없었다.

순간 트렌치코트 사내는 정찬혁과 눈이 마주쳤다.

초점이 없는 검게 물든 눈동자와 마주하자 절로 두려움이 밀려왔다.

트렌치코트 사내는 저도 모르게 뒷걸음질 쳤다.

이 자리를 벗어나야 한다는 본능적인 생각이 머릿속을 채워갔다.

탕! 타탕!

하지만 총성이 먼저였다.

날아든 두 발의 탄환이 트렌치코트 사내의 두 다리를 박살냈다.

트렌치코트 사내는 짧은 신음을 토해내며 쓰러졌다.

"크악!"

정찬혁이 미끄러지듯 다가왔다.

총구가 쓰러진 트렌치코트 사내의 미간으로 향했다.

검게 물든 정찬혁의 눈동자, 아니, 이글거리며 타오르는 눈빛과 마주한 순간, 트렌치코트 사내는 무엇 때문에 이런 상황이 벌어진 것인지 알아챌 수 있었다.

'서, 설마 금단의……!'

하지만 트렌치코트 사내의 생각은 끝까지 이어지지 못했다.

마지막 한 발의 탄환이 불꽃과 함께 날카로운 총성을 토해낸 탓이었다.

타아앙—

치이익—

총구가 허연 연기를 뿜어냈다.

탄창을 깨끗이 비운 권총의 슬라이드가 뒤로 밀려났다.

트렌치코트 사내의 머리를 날려 버린 총구가 스륵 아래로 떨어졌다.

피가 증발되어 생긴 붉은 안개가 순간, 정찬혁의 몸속으로 빨려 들어갔다.

정찬혁의 몸이 실 끊어진 연처럼 힘없이 털썩 쓰러졌다.

"찬혁 씨!"

때마침 현장으로 달려오던 신유진이 쓰러지는 정찬혁을 발견하고 소리쳤다.

서서히 원래대로 돌아오는 정찬혁의 눈동자에 자신을 향해 달려오는 신유진의 모습이 각인되었다.

　황급히 다가오는 신유진의 등에는 눈부시도록 새하얀 날개 한 짝과, 그 깊이를 알 수 없을 정도로 짙은 어둠이 담긴 검은 날개가 솟아나 있었다.

　신유진은 힘없이 쓰러지는 정찬혁을 끌어안았다.

　하지만 축 늘어진 정찬혁의 무게를 이기지 못하고 무릎을 바닥에 호되게 부딪쳤다.

　"정신 차려요, 찬혁 씨!"

　무릎의 아픔은 조금도 느껴지지 않았다.

　신유진은 정찬혁을 조심스레 바닥에 누이며 소리쳤다.

　아무런 반응도 없었다. 아무런 움직임도 없었다. 아무런 기운도 느껴지지 않았다.

　정찬혁의 몸을 유지하고 있던 검은 기운은 그저 상반신을 검게 물들이고 있을 뿐, 아무런 힘도 남아 있지 않았다.

　육체가 완전히 붕괴되어 버린 것이다.

　"제발 정신 차려요! 제발!"

　아무리 소리쳐 봐도 대답 없는 허무한 외침일 뿐이었다.

　막을 수 없었다. 정찬혁의 죽음을 어느 정도 예감하고 있었으면서도 막기는커녕 오히려 등을 떠밀어 버렸다.

치이익─

주위에 가득한 권속들의 피와 신체는 검은 연기를 뿜어내
며 녹아내렸다.

순식간에 허연 뼈가 드러나고, 뼈마저도 완전히 사라졌
다.

주위 가득한 검은 안개는 어디선가 불어온 바람에 저 멀리
어두운 하늘로 날아가 버렸다.

신유진은 모든 활동이 정지해 버린 정찬혁의 몸을 끌어안
은 채 눈물을 흘렸다.

정찬혁의 죽음이 슬퍼서인지, 아니면 앞으로 일이 막막해
서인지 알 수는 없었지만 신유진은 그저 눈물을 흘릴 뿐이었
다.

정찬혁을 끌어안은 신유진의 손에서 마정구가 스륵 흘러
내렸다.

정찬혁의 목덜미를 타고 심장 언저리로 미끄러져 내려간
마정구가 순간, 눈부신 섬광을 뿜어냈다.

번쩌억─!

신유진은 움찔 놀라며 끌어안은 정찬혁을 놓쳐 버렸다.

하지만 정찬혁의 몸은 쓰러지지 않고 둥실 허공에 떠올랐
다.

마정구가 정찬혁의 심장 어림에서 고속으로 회전했다.

파파팟—!

날카로운 파공성과 함께 마정구는 정찬혁의 상반신을 물들이고 있는 검은 기운을 빨아들였다.

피부색이 서서히 원래대로 돌아왔다.

검은 기운을 완전히 빨아들인 마정구는 그대로 정찬혁의 심장 속으로 녹아들었다.

허공에 떠 있던 정찬혁의 심장이 천천히 바닥으로 내려왔다.

마정구가 완전히 모습을 감추고 정찬혁의 몸을 감싼 빛이 사그라졌다.

"찬혁 씨……."

신유진은 눈물을 흘리며 나직이 정찬혁을 불렀다.

아무런 대답도 없었다.

신유진은 그대로 정찬혁의 가슴에 얼굴을 묻고 눈물을 쏟아냈다.

그때였다.

누군가 자신의 머리를 쓰다듬는 것 같은 기분에 신유진은 천천히 고개를 들었다.

쏟아져 내리는 눈물 때문에 눈앞이 흐릿했다.

하지만 알 수 있었다.

있을 수 없는 일이었지만 정찬혁이 가만히 자신을 바라보고 있다는 것을.

"차, 찬혁 씨?"

신유진은 눈물을 닦아내며 다시 정찬혁을 불렀다.

순간 정찬혁의 낮은 음성이 귓가로 흘러들었다.

"다녀왔다."

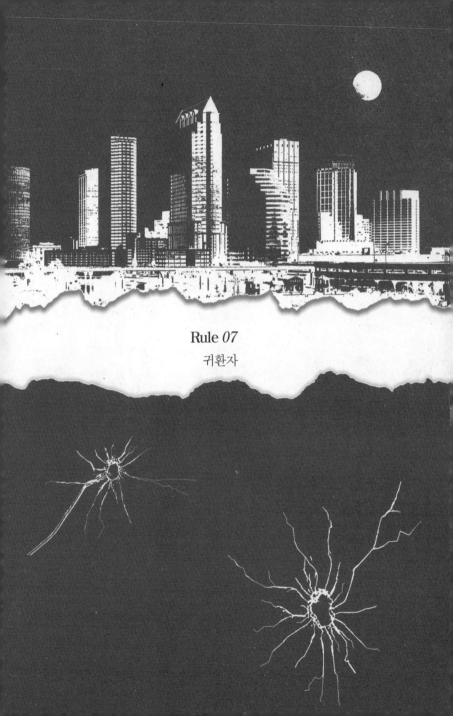

Rule *07*

귀환자

한윤철의 보고에 박상규는 경악했다.

거의 20억에 가까운 돈이 구룡회에서 검찰총장에게로 흘러들었다는 것을 들은 탓이었다.

안타까운 것은 사실을 알고 있음에도 검찰총장을 기소할 증거는 되지 못한다는 것이었다.

"×발! 많이도 받아 처먹었구만. 이 새× 지금 당장 처넣을 방법 없냐? 하여간에 있는 ×끼들이 씨×, 더 하다니까! 내가 이런 ×끼 밑에서 20년이 넘게 설설 기었다니. 환장하겠구만."

평소 사용하지 않는 거친 욕설을 뱉어내는 박상규의 모습에 한윤철의 눈이 휘둥그레졌다.

"진정하세요, 부장님. 이럴 거라는 것쯤은 대충 알고 계셨잖습니까?"

"해도 너무해서 그런다. 1, 2억도 아니고 19억이란다. 19억이 무슨 뉘 집 자식새끼 이름이냐?"

한윤철은 피식 미소를 지으며 슬쩍 장난을 걸었다.

"혹시 부러우신 건 아니고요?"

"뭐, 인마? 지금 니가 날 뭘로 보고! 어이구, 내가 호랭이 새끼를 키웠구만, 호랭이 새끼를 키웠어."

박상규는 화를 내는 체하며 슬쩍 장난을 받아줬다.

심각한 얘기를 하면서도 간간히 농담으로 분위기를 풀어나가는 것이 어릴 때부터 함께 자라온 두 사람 만의 대화법이었다.

하지만 농담도 잠시, 웃음기를 싹 지운 박상규가 다시 물었다.

"진짜 다른 방법은 없는 거냐? 애들 좀 모아서 시간을 들여 조사하면 제대로 처리할 수 있지 않겠냐?"

"힘들 겁니다. 저보다 더 잘 아시지 않습니까?"

"감찰부 애들한테 맡기는 건? 내사는 걔들이 전문이잖냐."

"감찰부장이 누군지 잘 아시잖아요. 총장라인입니다. 괜히 그쪽에 알렸다가 오히려 저희가 당합니다. 걔네들 없는 증거도 막 만들어서 뒤집어씌운다면서요."

"그렇긴 하다만……. 너무 무모한 방법이잖냐. 헛수고로 끝날 가능성도 높고."

"그래도 해봐야죠. 아무것도 안 하고 후회하느니, 시도해 보고 후회할 랍니다."

"업무에 지장이 많을 거다. 안 그래도 너 업무 소홀로 징계 내리라는 얘기가 나오고 있어."

한윤철은 피식 미소를 지으며 입을 열었다.

"차라리 그게 나을지도 모릅니다. 아! 이참에 한 3개월 정도 정직 처분 내려 주시면 안 됩니까? 그러면 다른 사람한테 피해도 덜 주고, 수사도 확실히 할 수 있을 것 같은데. 왜, 제가 전에도 6개월 정직 당해 봤잖습니까."

박상규는 어처구니없는 얼굴로 한윤철을 바라보았다. 이내 박상규는 길게 한숨을 내쉬며 말했다.

"말이 되는 소리를 해라, 인마. 안 그래도 너, 윗대가리들한테 단단히 미운털 박혀 있어. 이번에 또 3개월 이상 정직 당했다간 아예 직위해제 하라고 할걸?"

"으윽! 그럼 곤란한데요……."

"그러니까 인마, 좀! 눈치껏 하라고. 눈치껏! 여하튼 될 수 있으면 기본적인 업무는 처리하고 해라. 최소한 세금 도둑이라는 소린 안 들어야 하지 않겠냐?"

"명심하겠습니다."

한윤철은 한숨을 길게 내쉬며 박상규의 사무실을 나섰다.

마태진이 해킹한 자료를 토대로 19억이나 되는 막대한 자금이 구룡회에서 검찰총장에게로 흘러든 것을 알 수 있었지만 지금 당장은 아무런 소용이 없는 일이었다.

괜히 다른 검사에게 의논했다가 검찰총장의 귀에 들어가기라도 하는 날에는 끝장이었다.

박상규 말고는 이번 일에 대해 얘기할 수 있는 사람이 아무도 없었다.

검찰총장의 귀가 대검찰청 내에 수십, 아니, 수백 개 있는 것이나 마찬가지였으니.

'첸 카이후… 지금 어디 있는 거요?'

모든 사건 해결의 열쇠를 쥐고 있는 한 노인의 얼굴을 떠올리며 한윤철은 다시 한 번 길게 한숨을 내쉬었다.

*   *   *

홍콩 코즈웨이 베이에 위치한 그랜드 콘티넨탈 호텔은 구룡회의 장로 시앙 로우위 계파가 운영하는 가장 큰 사업체 중

하나였다.

매년 수백만의 관광객을 유치하는 칠성급 호텔로 시설도 좋고 서비스도 깔끔하기로 유명했다.

수년 전 마오를 수행해 시앙을 처음 만난 곳도 그랜드 콘티넨탈 호텔이었다.

인천항 외곽의 작은 포구에서 밀항선을 타고 홍콩으로 돌아온 알렉스는 호텔 근처 찻집에 자리를 잡고 앉아 시앙을 기다렸다.

근처를 어슬렁거리는 구룡회의 조직원 몇몇에게 얻은 정보에 의하면 시앙은 가끔씩 조직원에게도 알리지 않고 불쑥 호텔을 찾아온 적이 많다고 한다.

어떨 때는 매주 한 번씩 찾아오기도, 뜸할 때는 서너 달에 한 번 올 정도로 불규칙적이었다.

시앙의 정확한 거처를 알지 못하는 알렉스로서는 그저 기다리는 수밖에 없었다.

벌써 닷새나 아무런 소득 없이 시간만 보낸 알렉스는 길게 한숨을 내쉬며 천천히 몸을 일으켰다. 어느새 찻집을 닫을 시간이 된 탓이었다.

"오늘도 허탕인가?"

나직이 중얼거리며 알렉스는 돌아섰다.

그때였다. 호텔 방향이 갑자기 소란스러워졌다.

천천히 고개를 돌린 알렉스의 눈이 커졌다.

호텔 앞에 미끄러지듯 다가온 최고급 대형 세단에서 한 노인이 내리는 것이 눈에 들어왔다.

시앙 로우위.

틀림없는 그자였다.

차에서 내리는 시앙을 모시기 위해 호텔 직원들 수십 명이 후다닥 달려나왔다.

경호원으로 보이는 조직원 다섯이 시앙의 주위를 둥글게 감쌌다.

시앙이 움직이자 직원들과 경호원들이 일제히 호텔 안으로 함께 들어갔다.

"여기 찻값 두고 갑니다."

알렉스는 지폐 몇 장을 테이블 위에 던져 놓고는 선글라스를 쓰고 호텔로 다가갔다.

알렉스의 차림새는 주위를 오가는 관광객들과 그리 다를 바 없는 모습이었다.

호텔 로비로 들어간 알렉스는 빠르게 주위를 훑었다.

막 엘리베이터에 오르는 시앙의 모습을 찾을 수 있었다.

"어서 오십시오, 손님."

알렉스가 프런트 데스크로 다가가자 제복을 입은 여성 직원이 영업용 미소를 지으며 인사를 했다.

알렉스는 아무렇지도 않게 주위를 둘러보는 척하며 말했다.

"전망이 좋은 위치로 빈 방 하나 있습니까?"

"네, 손님. 마침 예약 취소가 된 방이 있네요. 28층 16호실입니다."

"그걸로 하겠습니다."

"결제 도와드리겠습니다. 카드로 하실 겁니까, 아니면 현금?"

알렉스는 카드를 꺼내 내밀었다.

콧노래를 흥얼거리며 자연스럽게 시앙이 탄 엘리베이터로 눈을 돌렸다.

보아하니 펜트하우스까지 직통으로 이어진 엘리베이터 같았다.

그랜드 콘티넨탈 호텔은 펜트하우스까지 포함해 34층짜리 건물이었다.

방금 잡은 방이 28층이었으니 펜트하우스 잠입에는 큰 문제가 될 일이 없었다.

"카드키 여기 있습니다. 즐거운 시간되십시오, 손님."

알렉스는 신용카드와 카드 키를 받아 들고 바로 옆에 있는 엘리베이터에 올랐다.

벨 보이의 안내를 받아 방으로 들어선 알렉스는 재킷을 벗어 던지고는 최대한 가벼운 차림으로 방을 나섰다.

32층의 전망대를 겸한 바(Bar)로 향한 알렉스는 비상계단을 힐끔 쳐다보았다.

일반 고객에게 개방된 것은 지금 알렉스가 있는 32층까지, 33층은 최우수 고객(VVIP)에게만 공개되어 있는 곳이었고 34층은 대표이사인 시앙의 펜트하우스였다.

그런 만큼 33층의 서큐리티는 세계적으로 널리 알려질 정도로 뛰어난 것이었다.

물론 잠입, 암살의 초절정 스페셜리스트, 알렉스에게는 아무런 걸림돌도 되지 않았지만.

수월하게 33층의 서큐리티를 통과한 알렉스는 곧장 펜트하우스로 향했다.

해킹도 전문가 급의 실력을 갖추고 있는 알렉스에게는 엘리베이터 해킹 정도는 눈 감고도 할 수 있는 간단한 것이었다.

샤워를 마친 시앙 로우위는 최고급 실크 타월로 물기를 닦아내며 샤워실을 나섰다.

불 하나 켜져 있지 않은 어두운 펜트하우스의 창밖으로 보이는 야경은 빛이 이뤄낸 예술이라 할 수 있을 정도로 아름다웠다.

가만히 야경을 보고 있자니 마음이 편안해지는 것 같았다.

시앙이 때때로 호텔의 펜트하우스를 찾아오는 이유 중의 하나가 바로 이 야경 때문이었다.

넓은 펜트하우스의 한쪽 벽 전체가 강화유리로 이루어져 있어, 불을 켜지 않은 채로 탁 트인 홍콩의 전경을 볼 수 있었다.

시앙은 타월을 어깨에 걸친 채 와인 셀러로 다가갔다.

잠시 고민하던 시앙은 32년 산 브루고뉴 한 병과 와인글라스를 집어 들었다.

소파에 앉아 와인을 따르자 마음이 편안해지는 은은한 향이 주위로 퍼져 나갔다.

와인을 마시며 가만히 야경을 바라보던 시앙은 갑자기 벌떡 일어나며 반쯤 남은 와인글라스를 바닥에 확, 내던졌다.

챙강!

얇은 유리로 만들어진 와인글라스가 박살 나고 유리 파편이 튀었다.

시앙은 붉게 달아오른 얼굴로 거친 숨을 내쉬며 소리쳤다.

"젠장! 빌어먹을 첸 카이후! 대체 어디로 사라진 거냐! 어디로 사라진 거냐고!"

갑자기 울화가 치밀었다.

그동안 시앙은 자신의 입김이 닿은 수많은 군소 조직을 움직여 홍콩 일대를 샅샅이 뒤졌다. 홍콩에서는 첸의 모습을 찾을 수 없었다.

부두 전체를 뒤져 밀항꾼들을 족쳐서 알아낸 것이, 밀항꾼 하나가 한국으로 가는 큰 돈줄을 찾았다고 한 후로 돌아오지 않았다는 소문이었다.

시기적으로 보아 자신의 사냥개 부대가 첸을 막 놓친 시점과 일치했다.

첸이 한국으로 밀항 했을 확률이 상당히 높았다.

바로 반나절 전에 그 사실을 알게 된 시앙은 답답한 마음을 풀어내기 위해 호텔을 찾았다.

답답함이 가시기는커녕 오히려 울화가 치밀어 오르긴 했지만.

그때였다.

갑작스레 낯선 음성이 귓가로 날아들었다.

"역시. 첸 카이후는 살아 있는 거였군요."

시앙은 움찔 놀라며 목소리가 들려온 방향으로 고개를 돌렸다.

"누, 누구냐!"

한 사내가 어둠 속에서 가만히 자신을 바라보고 있었다. 잠시 당황한 시앙이었지만 이내 사내를 지그시 노려보며 말했다.

"감히 여기가 어딘 줄 알고 침입한 게냐? 명줄이 여러 개라도 되는 모양이지? 밖에 아무도 없느냐!"

"불러도 소용없습니다. 다들 재워뒀으니."

사내의 말에 시앙은 짐짓 당황했다.

자신의 펜트하우스를 지키고 있는 자들은 숫자는 고작해야 다섯에 불과했지만 수백 명의 조직원과 맞먹는 무력을 지닌 자들이었다.

그런 자들을 소리도 내지 않고 모두 쓰러뜨렸다는 것은……

"암룡… 인가?"

그렇게밖에 생각할 수 없었다. 구룡회에서 길러낸 세계 최고의 킬러, 암룡이 아니라면 그런 실력을 가진 자는 아무도 없었다.

어둠 속의 사내는 피식 미소를 지으며 말했다.

"오랜만에 듣는군요. 암룡이라……"

"암룡이 아니라는 건가?"

움찔하며 시앙이 물었다.

사내는 아무런 대답 없이 한쪽 구석으로 걸음을 옮겼다.

딸칵!

낮은 마찰음과 함께 어두운 펜트하우스가 밝아졌다. 불을 켠 사내는 천천히 돌아서며 말했다.

"제 얼굴을 기억하시겠습니까, 시앙 대인?"

실크 타월을 허리에 두른 채 시앙은 멍하니 사내를 바라보았다.

어디선가 본 듯 낯익은 얼굴이었다.

기억을 더듬던 시앙은 이내 누군가를 떠올리고는 신음하듯 낮게 중얼거렸다.

"설마 마오와 함께 있던 그……!"

사내, 알렉스는 가만히 고개를 끄덕이며 시앙에게 다가왔다.

"맞습니다. 알렉스라고 합니다, 대인."

알렉스는 포권을 취하며 고개를 숙였다.

"그러고 보니 암룡 출신이라고 했던 게 생각나는구만. 마오 장로가 죽은 이후에 행방불명되었다고 들었네만…….'

아직까지 시앙은 완전히 경계심을 푼 것은 아니었다.

예고 없이 찾아오는 불청객만큼 불안한 상대는 없었으니. 하물며 그 상대가 암룡이라면 두말할 것도 없다.

"대인께 여쭈고 싶은 게 있어서 이렇게 무례를 무릅쓰고 찾아오게 되었습니다. 말씀해 주실 수 있겠습니까?"

"무얼 말인가?"

알렉스는 으득 이를 깨물며 살기 어린 날카로운 눈빛을 뿜어냈다.

"첸 카이후, 그자에 관한 모든 것입니다."

가만히 알렉스를 바라보던 시앙은 어떻게 된 상황인지 대충이나마 예상할 수 있었다.

하지만 확인하듯이 슬쩍 물었다.

"혹시… 마오 장로를 죽게 한 것이 첸이라는 것을 알고 있는 겐가?"

알렉스는 대답 대신 부러져라 이를 악물었다.

입술 사이로 피가 배어 나오는 것이 시앙의 눈에 들어왔다.

대답을 듣지 않아도 이미 들은 것이나 마찬가지였다. 시앙의 입꼬리가 살짝 말려 올라갔다.

마오의 죽음으로 인해 첸에게 강한 복수심을 가지고 있는 알렉스, 최강의 암살자가 제 발로 이렇게 찾아오다니.

그야말로 크나큰 행운이 아닐 수 없었다.

"그래……. 언제부터 알고 있었던 겐가?"

"3년 전부터였습니다……."

"3년! 그런데 왜 지금까지 잠자코 있었던 겐가? 다른 장로들에게 알렸어야지! 그랬다면 지금까지 구룡회 전체가 배신자에게 농락당하지 않았을 터인데!"

안타깝다는 듯 시앙은 낮게 탄식했다.

그도 그럴 것이 몇 달 전에 있었던 암룡들의 반란 사건에 많은 의혹이 있다는 것을 알아채지 못했다면 지금까지도 시앙은 아무것도 모르고 있었을 터였으니.

"죄송합니다……."

그렇게 말할 수밖에 없었다. 복수를 하기는커녕 동생들을
모두 잃고 그저 숨만 붙어 있는 상황이었으니.

어느새 다가온 시앙이 알렉스의 어깨를 툭툭 두드리며 말
했다.

"이제라도 돌아왔으니 되었네. 내 자세한 것은 묻지 않을
터이니. 그래, 첸에 대해 알고 싶다고 했나?"

"그렇습니다."

"흐음……. 어디부터 얘기해야 할지……. 자네가 듣고 싶
은 건 아마도 첸이 파문당한 이유겠지?"

알렉스가 고개를 끄덕이자 시앙은 입꼬리를 말아 올리며
천천히, 긴 이야기를 시작했다.

"내가 처음 사실을 알게 된 것은 우연에 불과했다네……."

＊　　　＊　　　＊

정찬혁은 잠들어 있었다.

그동안 잠들지 못했던 것을 보상받기라도 하려는 듯 미동
도 않고 벌써 닷새가 넘도록 깊은 잠에 빠져 있었다.

고른 숨을 내쉬며 잠든 정찬혁을 바라보며 신유진은 나직

이 한숨을 내쉬었다.

기적이었다.

분명 정찬혁은 모든 힘을 잃고 죽어버렸었다.

하지만 무슨 조화인지 마정구를 흡수한 정찬혁은 다시 살아났다.

이전보다 훨씬 살아 있는 것에 가까운 상태로.

상반신을 물들이고 있던 검은 자국, 죄악의 증거는 이제 심장 부근의 왼쪽 가슴에만 남아 있었다.

멈춰 있던 심장은 느리지만 두근거리며 뛰고 있었고, 피가 돌지 않아 창백한 혈색은 거의 정상적으로 회복되었다.

체온도 어느 정도 돌아와 싸늘함이 아닌 약간의 온기도 느껴질 정도였다.

깊이 잠들어 있었지만 살을 꼬집거나 찌르면 움찔거리는 것으로 보아 감각도 어느 정도 돌아온 것 같았다.

결과적으로 보면 잘된 일이었지만 신유진은 약간의 불안함을 지우지 못하고 있었다.

마정구 때문이었다.

인간을 숙주로 삼은 악마의 기운이 무르익을 때에 얻을 수 있는 마정구는 이름 그대로 마의 정수였다.

그것이 정찬혁의 생명을 되돌릴 수 있었다는 것은 아이러니한 일이었다.

그렇게 된 이유를 전혀 알 수 없었으니 신유진은 불안하기만 했다.

생명의 기운이 많이 돌아오기는 했지만 시한폭탄을 달고 있는 것 같은 기분이 들었다.

그래도 정찬혁이 살아 있다는 것에는 감사할 따름이었다.

가만히 정찬혁을 내려다보던 신유진은 천천히 몸을 일으켜 밖으로 나갔다.

떨어지고 있었다. 아니, 깊이 잠겨 들고 있었다.

사방이 어두웠다. 눈을 떴지만 한 치 앞도 보이지 않았다.

정찬혁은 다시 눈을 감고 주위의 흐름에 몸을 맡겼다.

얼마나 시간이 지났을까.

셀 수 없는 영겁의 세월이 빠르게 흘렀다.

그동안에도 정찬혁은 계속해서 더욱 깊은 곳으로 잠겨들고 있었다.

의식은 있었다.

하지만 얼마 지나지 않아 그마저도 흐름 속에 완전히 녹아버릴 것 같았다.

순간 눈앞이 환해진 것 같았다.

감고 있던 눈을 뜨자 주위가 눈부실 정도로 밝게 빛나고 있었다.

빛 속에서 새하얀 손이 정찬혁을 향해 뻗어 나왔다.

아아, 그날의 기억이로군.

정찬혁은 이내 알 수 있었다.

자신이 처음 죽음의 늪에서 빠져나왔을 때의 기억이 눈앞에서 다시 펼쳐지고 있었다.

정찬혁은 빙그레 미소를 지으며 천천히 손을 뻗었다.

빛 속에서 뻗어 나온 새하얀 손이 정찬혁의 손목을 꽉 붙잡았다.

가라앉고만 있던 몸이 둥실, 하고 떠올랐다.

주위를 밝히고 있던 빛이 서서히 사그라졌다.

하지만 정찬혁을 끌어올리는 새하얀 손은 여전히 빛나고 있었다.

정찬혁은 새하얀 손이 끌어당기는 대로 계속 떠올랐다.

손을 타고 따듯한 온기가 전해졌다. 너무도 편안한 기분에 절로 두 눈이 스륵 감겼다.

또다시 영겁의 세월이 흘렀다.

가라앉을 때처럼 이번에는 한없이 떠오르고 있었다.

자연스레 두 눈이 떠졌다.

저 멀리 태양처럼 밝은 빛무리가 정찬혁을 향해 쏘아져 내렸다.

새하얀 손은 정찬혁을 빛무리를 향해 끌어당겼다.

빛무리는 점점 가까워졌다.

정찬혁이 빛무리에 닿을 무렵, 다른 손이 정찬혁의 손목을 잡았다.

섬뜩하리만치 차가운 손이었다.

뭐지 이건?

그날의 기억과 다른 장면이었다.

정찬혁은 차가운 손을 뿌리치려 해보았지만 아무 소용없었다.

얼음장처럼 차가운 손은 순식간에 정찬혁을 빛무리 안으로 끌어들였다.

천사의 날개를 가진 자애로운 표정의 신유진이 그 안에 있었다.

지금까지 정찬혁의 손목을 잡고 끌어올린 새하얀 손이 신유진의 손이었다.

그리고…….

그 깊이를 알 수 없을 만큼 짙은 어둠의 색을 지닌 검은 깃털이 주위에 흩날렸다.

마지막에 자신을 끌어당긴 차가운 손의 주인, 신유진의 또 하나의 날개였다.

칠흑처럼 검은 날개가 활짝 펼쳐졌다.

천사의 순백의 날개가 동시에 펼쳐졌다.

오른쪽의 순백의 날개와 왼쪽의 칠흑의 날개가 동시에 정찬혁을 감쌌다.

심장이 얼어버릴 정도로 차가운 한기와 포근한 온기가 주위를 휘감았다.

정찬혁은 그대로 두 눈을 질끈 감아버렸다.

"혁!"

정찬혁은 짧은 신음을 토해내며 벌떡 상체를 일으켰다.

식은땀으로 이마가 흠뻑 젖어 있었다.

정찬혁은 옆에 놓인 수건을 들고는 식은땀을 닦아냈다.

악몽? 아니면 길몽인가?

머릿속이 복잡했다.

자신이 처음으로 죽음의 늪을 벗어났을 때의 꿈을 꾼 것 같았다.

하지만 뒷부분은 자신의 기억과는 너무도 달랐다.

칠흑의 날개와 순백의 날개.

상반된 두 개의 날개를 가진 신유진의 모습. 그저 꿈이라고 치부하기에는 너무도 선명한 기억이었다.

"찬혁 씨……."

순간 등 뒤에서 낮은 음성이 들려왔다.

고개를 돌리자 막 안으로 들어서려던 신유진이 파르르 떨리는 눈으로 자신을 바라보고 있는 것이 보였다.

정찬혁은 저도 모르게 고개를 돌렸다.

꿈에서 본 두 개의 날개를 가진 신유진과 눈앞의 신유진이 겹쳐 보인 탓이었다.

어느새 다가온 신유진의 음성이 귓가로 날아들었다.

"이제 정신이 든 거예요?"

정찬혁은 신유진을 보지 않고 가만히 고개를 끄덕였다.

신유진은 금방이라도 눈물을 쏟을 것 같은 얼굴로 안도의 한숨을 내쉬었다.

"다행이에요. 계속 잠만 자고 있어서 얼마나 걱정한 줄 알아요? 벌써 일주일이나 지났다고요. 무슨 잠을 그렇게 깊이 자는지… 아무리 흔들어도 깨지도 않고."

"자, 잠깐! 내가 잠들었다고?"

신유진의 말을 흘려듣던 정찬혁은 순간, 화들짝 놀라며 고개를 들었다.

신유진이 고개를 끄덕이며 말했다.

"네. 무슨 조화인지 모르겠지만 지금 찬혁 씨는 거의 새 생명을 얻은 상황이에요. 신진대사가 정상에 비해 거의 없는 거나 마찬가지지만요."

정찬혁은 저도 모르게 한쪽 벽에 걸려 있는 전신 거울을 보았다.

거울에 비친 자신의 몸은 시커먼 흔적이라고는 왼쪽 가슴을 빼고는 거의 보이지 않았다.

신유진의 말대로 심장도 천천히 뛰고 있는 것이 느껴졌다.

"하, 하하……."

절로 웃음이 흘러나왔다. 눈가에는 눈물이 흘러내렸다.

정찬혁은 그 자리에서 한참을 그렇게 울고, 웃었다.

"카페를 다시 열어야겠군."

정찬혁은 먼지 쌓인 카페를 바라보며 나직이 중얼거렸다. 뒤따라 나온 신유진이 고개를 끄덕였다.

"그러는 게 좋겠어요. 다시 완전한 생명을 되찾았을 때를 대비해야죠."

"그런데……."

신유진에게 자신의 꿈에 대한 것을 물어보려던 정찬혁은 이내 입을 다물었다.

대답해 주지 않을 거라는 생각이 든 탓이었다. 신유진이 왜 그러느냐는 듯 고개를 갸웃했다.

정찬혁은 고개를 내저었다.

"아무것도 아니……!"

순간 자신을 향한 누군가의 날카로운 시선이 느껴졌다.

정찬혁은 저도 모르게 어깨를 움찔하며 고개를 돌렸다. 거리를 오가는 사람들이 눈에 들어왔다.

"왜 그래요?"

정찬혁의 이상한 행동에 신유진이 의아한 얼굴로 물었다.

이상하게도 길 건너편으로 멀어져가는 뒷머리를 묶은 사내의 뒷모습이 눈에 들어왔다.

이내 정찬혁은 가만히 고개를 내저으며 중얼거렸다.

"아무것도 아니다."

카페 베아투스를 등지고 걸음을 옮기며 알렉스는 빠드득 이를 갈았다.

"네놈도 살아 있었던 거냐, 정찬혁!"

『짐승의 규칙』 5권에 계속…

노주일 新무협 장편 소설
FANTASTIC ORIENTAL HEROES

청어람이 발굴한 신인 「노주일」
그가 선사하는 즐거운 이야기!

내 나이 방년 스물셋. 대륙을 휘몰아치는 전쟁에서
간신히 살아남아 고향으로 돌아왔다.
사실 전쟁은 이미 이기고 지는 건 문제도 아니었다.
단지 전후 협상만이 탁상공론으로 오고 갔을 뿐.
하지만 전쟁터에서는 항시 사람이 죽어 나갔다.
이유도 알지 못한 채 그냥.
그러던 차에 전후 협상처리가 되고 나서 전역했다.
그리고는 곧장 뒤도 돌아보지 않고 고향으로!

『이포두』

내 가족과 내 친구가 있는 곳으로!

Book Publishing CHUNGEORAM

유행이 아닌 자유추구 -
WWW.chungeoram.com

마 in 화산

FANTASTIC ORIENTAL HEROES

용훈 新무협 판타지 소설

무림공적, 천살마군 염세악!
검신 한호에게 잡혀 화산에 갇힌 지 백 년.

와신상담… 절치부심… 복수무한…

세월은 이 모든 것을 잊게 하고
세상마저 그를 잊게 만들었다.
하지만.

"허면 어르신 함자가 어찌 되시는지……"
우연한 만남, 자신도 모르게 튀어나온 원수의 이름.
"그게… 한, 한호일세."

허무함의 끝에서 예기치 않게 꼬인 행로.
화산파 안[in]의 절세마인, 염세악의 선택!

無生錄 무생록

이민섭 新무협 판타지 소설

죽지 못하는 자는 살지 못하는 것과 같다.
그래서 그는 스스로를 무생(無生)이라 부른다.

은퇴한 기인들의 마을, 득도촌
그곳에서 가장 기이한 자는…
은거기인들마저 놀라게 하는 한 명의 청년

"그 무엇도 궁금해 하지 말 것!"

부엌칼로 태산을 가르고,
곡괭이질로 산을 뚫는 자, 무생!

흘러 들어온 남궁가의 인연으로,
죽지 못해서 살아온 그가
이제 죽기 위해 무림으로 나선다.

살지 못한 자가 비로소 살게 되었을 때
천하가 오롯이 그의 것이 되리라!

FUSION FANTASTIC STORY
천성민 장편 소설

짐승의 규칙

『무결도왕』 『다크로드 블리츠』
천성민 작가의 신간!

짐승의 규칙

살아야만 했다.
나를 위해 희생당한 부모님을 위해.
복수를 위해.

죽어야만 했다.
내가 살기 위해 타인의 목숨을.

그렇게……
나는 짐승이 되었다.

Book Publishing CHUNGEORAM

FANTASY FRONTIER SPIRIT

이충민 판타지 장편 소설

Mighty Warrior
영웅병사

복수를 다짐한 소년 병사,
붉은 제국을 향해 깃발을 세운다,

영웅병사

평온한 유년 시절을 보내던 비첼,
어느 날, 붉은 제국의 깃발 아래에 사랑하는 가족을 빼앗기고 만다.

"도끼… 도끼라면 다룰 줄 압니다."

병사가 되고자 참가한 전쟁에서 소년은 점점 영웅이 되어 간다!

쓰러져가는 아버지의 등을 억하며,
아직 어린 소년으로서 도끼를 들고 붉은 제국과 싸우 위해 일어선다.

제국과의 전쟁에 스스로 뛰어든 소년,
그 병사, 비첼 악센트,
이것이 영웅 탄생의 시작이다!!

Book Publishing CHUNGEORAM

유협이 아닌 자유추구 !
WWW.chungeoram.com